UNGESCHMINKT HÄLT BESSER

AF235778

UNGESCHMINKT HÄLT BESSER

von

Lothar Beutin

Edition Milestone, Berlin

© 2022 Lothar Beutin
Herstellung und Verlag: BoD – Books on Demand
Norderstedt
lotharbeutin@gmx.de
ISBN: 978-3-7557-7693-2

Lothar Beutin, Mikrobiologe und Autor von Sachbüchern, Wissenschaftskriminal- und Gesellschaftsromanen. Langjährige Forschungstätigkeit in Berlin (Max-Planck-Institut für molekulare Genetik, Robert Koch-Institut und Bundesinstitut für Risikobewertung); sowie am Institut Pasteur in Paris (Frankreich).

Zu diesem Buch

Jakob und Philomena, zwei Menschen, wie sie ungleicher nicht sein können, begegnen sich durch Zufall in der Mensa einer Berliner Universität. Die schonungslose Schilderung der weit über sechzigjährigen Philomena über die Folgen des Alters weckt in dem zwanzigjährigen Studenten Jakob die Neugierde auf weitere Gespräche mit dieser Frau, deren Ansichten den herkömmlichen Erwartungen der Gesellschaft nicht entsprechen.

Aus ihren weiteren Begegnungen erwachsen Gespräche nicht nur über das Leben, Krankheit und Tod. Sondern auch über unser Zusammenleben, das „Corona" mehr verändert hat als alle anderen Ereignisse seit dem Ende des Zweiten Weltkrieges.

„We agree to disagree." Kürzer könnte man die Quintessenz aus den Gesprächen zwischen den beiden nicht zusammenfassen.

Ein Plädoyer für Bereitschaft, dem anderen zuzuhören, auch wenn man gegenteiliger Ansicht ist.

Ein Appell an die Toleranz und einen Diskurs, der erlaubt, unser Leben über die engen Grenzen des Zeitgeistes hinaus zu betrachten.

Berlin, im Januar 2022

Lothar Beutin

INHALTSVERZEICHNIS

„Ubi dubium, ibi libertas."
(Wo Zweifel ist, da ist Freiheit.)

Lateinisches Sprichwort

II

Eine merkwürdige Begegnung

Jakob traf Philomena in der Mensa seiner Uni, wo er selten essen ging, da es von seinem Zeitplan her oft nicht passte. Zudem war das kulinarische Erlebnis dort nicht so verlockend, um dafür etwaige Umstände in Kauf zu nehmen.

Als er am frühen Nachmittag eintraf, war die Mensa überfüllt. Nach einer Veranstaltung im Audi-Max waren auf einen Schlag um die hundert Leute vor ihm eingetroffen und die Tische im großen Saal alle belegt.

Jakob schob sich suchend durch die Menge, sein Tablett in der Hand, als er doch noch einen Tisch mit einem freien Platz entdeckte. Auf dem Stuhl gegenüber saß eine ältere Frau. Sie hatte einen Teller mit Blumenkohlauflauf vor sich. Es war das gleiche Menü, das Jakob für sich gewählt hatte.

Auf seine Frage, ob der Stuhl noch frei wäre, hatte sie nur genickt. Froh darüber einen Platz gefunden zu haben, setzte Jakob sich. Nach ein paar hungrigen Bissen blickte er von seinem Teller auf und sah sich seine Tischnachbarin genauer an.

Sie musste weit über sechzig sein. Außerdem sah sie nicht so aus, als hätte sie etwas mit der Uni zu tun.

Er wandte sich wieder seinem Essen zu. Es gab ja welche, die im Rentenalter Vorlesungen besuchten, um sich fortzubilden und geistig fit zu halten.

Offenbar hatte er sie einen Moment zu lange angeschaut. Denn nun sprach sie ihn an: „Sie wundern sich wohl, was jemand wie ich hier zu suchen hat? Zumindest schauen Sie so als ob!"

Dabei lächelte sie auf eine Art, die ihn irritierte.

„Nein, gar nicht! Es geht mich außerdem überhaupt nichts an."

Sollte er sich nicht besser bei ihr entschuldigen? Hier auf dem Campus galt ein zu langer Blick auf eine Frau als zweideutig und wurde leicht als Anmache gewertet. Doch das schien sie nicht zu interessieren. Für sie war es ein Aufhänger, um ein Gespräch zu suchen.

„Übrigens, mein Name ist Philomena. Ich hatte am Vormittag einen Termin an der Uni und habe die Gelegenheit genutzt, hier eine Kleinigkeit zu essen."

Er war erleichtert, dass sie ihm seinen neugierigen Blick nicht verübelt hatte, und beeilte sich mit einer höflichen Antwort.

„Ich heiße Jakob und studiere hier, bin aber nicht oft in der Mensa. Sagen Sie – Philomena? Ist das nicht ein griechischer Name?"

Sie lächelte.

„Ja! Auf Deutsch bedeutet er: die Freundin des Mutes. Und Jakob kommt aus dem Hebräischen und heißt: Gott möge schützen."

„Ach, das wusste ich nicht. Weder das eine noch das andere. Bist du ...?"

„Ich meine, sind Sie Griechin, Philomena?"

„Ja, zu einem kleinen Teil. Aber wenn du möchtest, können wir uns gerne duzen, Jakob."

„Okay, noch etwas", sagte er zögerlich.

„Ja?" Sie beugte sich zu ihm vor.

„Ich meine, was hast du mit Sprachen zu tun? Nur, weil du dich mit den Namen so gut auskennst."

„Ursprünglich habe ich Biologie studiert und lange in der Forschung gearbeitet. Sprachen und Philosophie haben mich aber mein Leben lang gefesselt."

„Damit kenne ich mich nicht besonders aus. Ich studiere Sport und Mathematik."

Sie nickte. „Zwei Fächer. Hast du vor, nach deinem Studium Lehrer zu werden?"

Jakob zuckte mit den Schultern.

„Mal sehen. Ich habe mich noch nicht entschieden."

„Und warum?" Sie sah ihn eindringlich an.

„Vieles ist unbestimmt. Die Zukunft und damit auch die Berufswahl! Sich heutzutage richtig zu entscheiden, ist nicht so einfach."

Philomena lehnte sich zurück und betrachtete ihn neugierig.

„Verstehe. Wer weiß schon, was am Ende das Beste ist? Je mehr der Mensch auf sich allein gestellt ist, desto schwerer fällt ihm der Entschluss, für die Zukunft das Passende zu finden."

„Meinst du? Es ist doch eher umgekehrt. So gesehen habe ich die Freiheit, allein herauszufinden, was mir liegt und worauf ich Lust habe", erwiderte Jakob stirnrunzelnd.

Sie schürzte ihre Lippen.

„Aber das macht es doch gerade so schwierig. Früher, als die Menschen in eine Familie oder Gemeinschaft eingebunden waren, da waren die Entscheidungen jedes Einzelnen oft von den anderen mitbestimmt. Zumindest erheblich davon beeinflusst."

Jakob lachte verlegen.

„Also, ich weiß nicht, ob das besser war."

Philomena streckte ihm ihre Hände entgegen, so als wollte sie etwas beschwören. „Ich meine, wenn man auf sich allein gestellt ist, ist man auch mit seinen

Sorgen und Ängsten allein. Das erfordert mehr Kraft als das Leben in einer Gemeinschaft, die einen mitträgt. Was sind denn deine Bedenken für die Zukunft, Jakob?"

Er sah Philomena zum ersten Mal bewusst an. Sie war eine alte Frau! Was nahm sie sich heraus? Schließlich war sie nicht seine Mutter!

Dabei fiel ihm ein, dass er mit seiner Mutter nie über seine Ängste gesprochen hatte. Zwischen ihnen hatte es immer eine gefühlsmäßige Distanz gegeben. Philomenas Frage erschien ihm wie eine Provokation.

„Das Alter!", fuhr ihm schroffer heraus, als er es gewollt hatte.

Wie zum Trotz sah er Philomena kalt an.

„Altsein erscheint mir als eine fürchterliche, weil unausweichliche Konsequenz eines langen Lebens. Vielleicht sahst du in deiner Jugend meiner Freundin ein bisschen ähnlich. Und ich finde die Vorstellung schrecklich, dass sie eines Tages so aussehen wird, wie du jetzt."

Nun war es heraus, doch Philomena lachte. Sie schien ihm seine Taktlosigkeit keineswegs übel zu nehmen.

„Wenn du Lust hast Jakob, treffen wir uns wieder, um die Sache mit dem Altsein ausführlicher zu besprechen."

Zu seinem eigenen Erstaunen nahm er ihren Vorschlag spontan an. Etwas an Philomena hatte seine Neugierde geweckt.

Vielleicht wusste sie etwas über das Alter, das ihm bisher entgangen war?

Hatte sie nicht von Biologie und Philosophie geredet?

Nachdem sie verabredet hatten, sich am nächsten Montag wieder in der Mensa zu treffen, ging Jakob, um seine Vorlesung nicht zu verpassen.

Über das Alter

Philomena saß am gleichen Tisch wie in der Woche zuvor. Den Stuhl gegenüber hatte sie mit einer Einkaufstasche belegt. Vor ihr stand eine Tasse Kaffee. Als sie Jakob kommen sah, nahm sie die Tasche an sich.

Jakob hatte sich schon vorher ausgemalt, wie Philomena ihm die Vorzüge des Alters preisen würde. Die üblichen Sprüche von Weisheit, Gelassenheit und Frieden mit sich selbst. Ähnliches hatte er schon oft gehört und es schien ihm ebenso wenig überzeugend wie die Vorstellung, dass Krankheit oder Tod etwas Erstrebenswertes wären. Wenn man von der Notwendigkeit der biologischen Erneuerung aller Spezies einmal absah.

Dementsprechend war er schlecht gelaunt, als er in der Mensa auftauchte. Er hatte sogar erwogen, nicht zu kommen, seine Neugierde brachte ihn aber doch dazu.

Nachdem er Philomena umstandslos begrüßt und sein Tablett mit dem Nachtisch - das Hauptgericht erschien ihm heute ungenießbar - auf den Tisch gestellt hatte, fiel er gleich mit der Tür ins Haus.

„Nun, wie ist das mit dem Altwerden? Mit den Jahren kommt die Weisheit. Sagt man doch, oder?"

Er sah Philomena trotzig an.

„Das nicht unbedingt", erwiderte sie.

„Jedoch hat das Alter untrügliche Zeichen, die wir erkennen und die unsere Aufmerksamkeit wecken sollen."

Mit so einer Antwort hatte Jakob nicht gerechnet.

„Was meinst du damit?", fragte er misstrauisch.

Sie zuckte mit den Schultern.

14

„Sieh doch, was im Laufe der Jahre mit den Menschen passiert. Fangen wir beim Kopf an und dort bei den Haaren. Sie verschwinden - langsam oder schneller. Am Hinterkopf endet das in einem Haarkranz. Von der Stirn graben sich Geheimratsecken tief in die Kopfhaut. Oder es beginnt mit einer erst münzgroßen, allmählich lichter werdenden Stelle, die von den Betroffenen gnädigerweise nur mithilfe eines Spiegels zu sehen ist.

Philomena atmete hörbar.

„Egal wie es anfängt, am Ende steht die Glatze. Selbst wenn es nicht so weit kommt, werden die Kopfhaare dünn. Sie hängen ohne Spannung strähnig vom Kopf und verlieren ihre Farbe."

Jakob musterte sie unauffällig. Ihre Haare waren mittellang und pechschwarz. Vermutlich gefärbt, vermutete er, bevor ihre Stimme ihn von weiteren Überlegungen abhielt.

„Glücklich mag sich der schätzen, bei dem die Haare einen silbrigen Schimmer annehmen. Das vermittelt ein aristokratisches Flair. Meistens bekommen sie aber einen schnöden weißen Ton und im schlimmsten Fall nehmen sie einen faden Gelbstich an. Sehen aus wie Wände, auf denen sich Nikotinschwaden abgesetzt haben. Eine Farbe, die kein Mensch mit blond verwechseln wird."

Ich bestimmt nicht, dachte Jakob. Er stocherte lustlos in seinem Grießpudding herum.

„Was den Schwund der Kopfhaare betrifft, bewirkt die Natur in einem geheimnisvollen Ausgleichsprozess, dass dafür Haare an den unmöglichsten Körperstellen wachsen. Noch dazu mit einer

Geschwindigkeit und einer Derbheit, dass es einem nur so graust und man ein spezielles Rasiergerät braucht, um sie zu entfernen."

Er legte seinen Löffel neben die Schale. Grießpudding hatte er in besserer Erinnerung bewahrt. Wozu erzählte sie ihm das alles? Er öffnete seinen Mund, doch zu einer Frage ließ sie ihm keine Zeit.

„Sag mir Jakob, welch einen vernünftigen Grund gibt es dafür, dass Haare urplötzlich aus den Nasenlöchern hervorsprießen, halb in den Mund baumeln, dass einem davon übel wird und man Angst bekommt, es könnten sich Essenskrümel darin verfangen? Das fällt bei einem Bart nicht auf, aber es gibt andere Stellen ..."

Jemand stieß im Vorbeigehen gegen seinen Stuhl und lief weiter, ohne ein Wort zu sagen.

Das Gespräch mit Philomena verlief anders, als er es sich vorgestellt hatte. Es war mehr ein Monolog, doch nahm er sich vor, zuerst mitzuspielen.

„Welche anderen Stellen meinst du?"

„Na, aus den Ohren wachsen sie, und was noch verrückter ist, am Rand des Gehörgangs. Wie einsame Bäume um einen Krater herum. Schwarz und derb im Kontrast zu der blassen Haut, damit man sie auch sieht, selbst wenn es nur wenige sind. Und das bleibt so bis zum Lebensende, wenn alle anderen Haare ausgefallen oder blass geworden sind."

Sie sah ihn mit einem Blick an, der Spott und zugleich Wehmut enthielt.

„Das ist doch seltsam, Jakob. Findest du nicht?"

Jakob ließ ihre Worte auf sich wirken. Ihre Beschreibung war ausdrucksvoll, das musste er ihr lassen. Vermutlich war sie verrückt und es war Zeitverschwendung, ihr weiter zuzuhören. Doch ein Gefühl hinderte ihn daran, aufzustehen und sofort zu gehen.

Philomena bemerkte, wie es in ihm arbeitete. Da er nichts erwiderte, fuhr sie in ihrer Beschreibung fort.

„Und was ist mit den Augenbrauen? Entweder werden sie dünn bis hin zum Verschwinden. Das ist bei Frauen oft der Fall. Oder sie werden buschig und sehen aus wie ein falscher Bart, der zu hoch angeklebt wurde."

Sie strich seufzend mit ihren Fingern über den Tisch.

„Was den Bart betrifft, bei alten Männern wird er grau und zottelig. Er vermittelt nicht mehr die Lust, verträumt mit den Händen darüber zu streichen."

Vermutlich hatte sie Männer mit Bärten geliebt. Jakob überlegte, wie er sich am besten aus der Affäre ziehen konnte.

„Und was die Frauen betrifft, denen wächst mit fortgeschrittenem Alter ein Damenbart."

Sie kicherte.

„Klingt, als wenn das etwas Vornehmes wäre, nicht wahr? Aber das ist es, weiß Gott nicht. Es liegt an dem hormonellen Durcheinander, welches das Alter mit sich bringt! Entweder fangen solche Damen an, sich zu rasieren oder wenn ihnen ihr Aussehen gleichgültig ist, bleiben ein paar dünne, dunkle Haare auf der Oberlippe stehen. Wie bei einem pubertierenden Jüngling! Nur, dass das eine mit dem anderen herzlich wenig zu tun hat!"

Ihre Hand fuhr durch die Luft, als wollte sie ihre Worte wegwischen.

Sie sah ihn an. „Doch es genügt, wenn ich etwas über Männer erzähle. Denn so blendend wie du sehen sie im Alter nicht mehr aus!"

„Quatsch!", erwiderte Jakob, der Schmeicheleien als peinlich empfand und besonders in diesem Moment.

Sie musterte ihn und verzog ihr Gesicht.

„Doch, das ist der Lauf des Lebens."

Der Lärm am Nachbartisch hatte mit zwei Neuankömmlingen zugenommen. Jakob verkniff sich eine weitere Bemerkung. Philomena war einsam und hatte offenbar niemanden, mit dem sie über ihre verflossene Jugend reden konnte. Allzu lange wollte er nicht mehr mitspielen.

Doch sie war zu sehr mit ihrer Geschichte beschäftigt, um auf seinen Gesichtsausdruck zu achten.

„Und erst die Augen? Da guckt man bei den Alten besser nicht hin, oder? Sie verlieren ihre Frische und ermatten. Das Weiße durchsetzt sich mit Pigmenten und Adern. Um die Augäpfel herum bilden sich Runzeln. Unter den Augen hängen schlaffe Säcke mit Ausbuchtungen wie von Furchen durchzogen. Falten graben sich tiefer in das einst wohlgeformte Antlitz, der Mund folgt der Schwerkraft und verzieht sich. Das gibt dem Gesicht einen mürrischen Zug. Die Lippen werden dünn wie Schlitze. Sind blutleer und so stark verkniffen, als ließen sie sich nur noch mit einem Messer öffnen."

Nun reichte es ihm.

„Sag mal, was ist los mit dir, Philomena? Das klingt alles nur noch ekelhaft!"

„Ist es auch!", sagte sie spöttisch. „Du hattest doch gesagt, Altwerden ist schrecklich und die Einzelheiten dazu erfährst du jetzt. Aber ich bin noch längst nicht fertig."

Sie führte ihre Tasse zum Mund, trank und verzog das Gesicht. „Kalter Kaffee macht schön, heißt es doch!"

Was sollte das nun wieder? Er sah vor sich auf den Tisch und schnippte nervös mit den Fingern.

„Kommen wir zu den Ohren. Obwohl die Menschen im Alter schlechter hören, werden ihre Ohrmuscheln dafür immer größer. So als könnte dieser scheußliche Zuwachs den nachlassenden Gehörsinn ausgleichen."

Sie lächelte abgeklärt.

„Aber das ist natürlich Unsinn!"

Warum erzählst du es dann, fragte er sich.

Im gleichen Moment sah er ein bekanntes Gesicht an ihrem Tisch vorbeigehen. Er schaute auf, doch seine Kommilitonin Julia hatte ihn nicht bemerkt und schob sich in der Menge zum Ausgang weiter.

„Bei manchen verlängern sich die Ohrläppchen bis hin zum Unterkiefer. Wieso der Körper ausgerechnet in die Ohren Wachstumshormone schickt, ist mir ein Rätsel. Aber es ist wie mit den Haaren. Dort, wo sie wachsen sollen, da sprießt nichts mehr. Dafür schießen sie an Orten hoch, wo sie überflüssig und störend sind. Es ist eine Kraft, die bewirkt, dass wir Menschen hässliche Züge bekommen ..."

Er war in Gedanken bei Julia und hatte nur halb zugehört.

„Welche Kraft? Worauf willst du hinaus? Erklär das endlich mal, Philomena!"

„Dazu komme ich noch!", sagte sie bestimmt und schob ihre Tasse zur Seite.

Vielleicht konnte er Julia noch vor dem Ausgang erwischen. Jakob machte Anstalten, aufzustehen. Den Grießpudding hatte er beiseitegestellt. Ihm war nach Herzhaftem zumute und er überlegte, sich draußen vom Imbiss einen Döner zu holen.

Doch da griff Philomena nach seiner Hand.

„Warte! Gedulde dich doch noch einen Augenblick, Jakob! Bevor ich es dir sage, musst du noch mehr hören!"

Es klang wie eine Bitte und besänftigte ihn ein wenig. „Ja genügt das immer noch nicht, diese Ansammlung von Scheußlichkeiten?"

„Ach was. Wir sind doch erst beim Kopf, nur ein Achtel des gesamten Körpers. Und da man sein Haupt nicht komplett mit Kleidung bedecken kann, es sei denn, man trüge eine Burka, sieht jeder auf der Straße, wie es um einen bestellt bist. Man ist das wandelnde Plakat, das schreit, mit mir lohnt es sich nicht mehr, Pläne für die Zukunft zu machen!"

Jakob strich sich mit den Händen über sein Gesicht. „Jetzt endlich verstehe ich, worauf du hinauswillst. Du hattest einen tollen Beruf, sicher gut verdient. Hast du Kinder?"

Philomena nickte.

„Na also, dann ist doch alles getan. Alles zu seiner Zeit!"

Ein Gefühl der Überlegenheit machte sich in ihm breit und er streckte seine Arme hinter sich aus..

„Das sagst du so. Wenn man jung ist, blendet man das aus. Obwohl es die einzige Sache ist, die jedem Menschen bevorsteht. Es sei denn, man stirbt, bevor einem das Alter seinen Stempel aufdrückt!"

Angewidert sah er, wie sie den Rest des kalten Kaffees in einem Zug trank. Es war eine gelbliche Brühe, auf der Flocken von geronnener Milch schwammen.

„So ist es doch!", sagte sie eindringlich. „Menschen, die fünfzehn Jahre älter sind als man selbst, nimmt man kaum noch wahr. Falls es doch dazu kommt, weil man unfreiwillig mit so jemandem zusammenstößt, ist es, als begegne man einem Wesen aus einer anderen Welt. Ein Alien, mit dem man nichts zu schaffen haben möchte. Oder?"

Er sah, wie sich ihre Hände auf dem Tisch verkrampften und schämte sich. Es war seine Schuld! Sie war immer noch gekränkt, weil er sie bei ihrer ersten Begegnung so negativ mit seiner Freundin verglichen hatte.

„Sag! Ist es nicht so?", drängte Philomena.

„Doch, auf eine gewisse Weise schon", gab er zu.

„Wusste ich es doch!", rief sie triumphierend. „Dagegen schielen die Älteren gerne nach Jüngeren und machen sich so ihre Gedanken. Sie hoffen, von denen bemerkt, sogar beachtet zu werden, und freuen sich, wenn es eintrifft. Dann denken sie solche Sachen wie …"

Sie hob ihre Hände um sie gleich wieder auf den Tisch fallenzulassen.

„… wie, ich sehe noch gar nicht so alt aus. Oder vielleicht findet diese Person mich anziehend!"

Jakob war das peinlich.

Ihre Stimme klang plötzlich laut und er befürchtete, dass ihre Umgebung etwas von dem Gespräch mitbekam.

Philomena schien das nicht zu merken. Sie war im Bann ihrer Erzählung und redete, ohne auf ihn zu achten.

„Ich sage dir, solche Gedanken beruhen meistens auf Einbildung. Sowieso entspricht fast alles, von dem wir glauben, was andere über uns denken, nicht der Wirklichkeit."

„Wie kommst du jetzt darauf?", fragte er beiläufig, um sie nicht weiter aufzuregen.

„Die Vorstellung, wie uns andere Menschen wahrnehmen, ist oft nur ein Konstrukt unserer eigenen Gedanken. Die meisten, denen wir zufällig begegnen, bemerken uns nicht einmal und selbst wenn, haben sie diesen flüchtigen Eindruck bald wieder vergessen."

Er dachte wieder an Julia. Sie hatte einen herzförmig geschnittenen Mund, den er gleich erkannt hatte.

„Es sei denn, etwas Besonderes an unserem Gegenüber fällt uns auf", erwiderte er.

„Woran denkst du?"

Er wollte mit ihr nicht über Julia reden.

„Keine Ahnung, eine auffällige Narbe, ein fehlender Zahn?"

Dabei tastete seine Zunge vorsichtig nach dem Backenzahn, der sich immer öfter unangenehm bemerkbar machte. Er hatte gehofft, das hätte nichts zu bedeuten, aber ...

Philomenas Stimme unterbrach seine Gedanken.

„Mit dem Alter fallen die Zähne aus, was dem Gesicht gleich zwanzig Jahre mehr verpasst. Das liegt an den eingefallenen Wangen. Der Kieferknochen schwindet, denn sobald die Kauwerkzeuge sich verlustiert haben, betrachtet er sich als überflüssig. Wie zum Ausgleich dieses scheußlichen Vorgangs tritt die Stirn übermäßig groß hervor, was den Eindruck der riesig gewordenen Ohrmuscheln noch verstärkt."

Soweit würde er es nicht kommen lassen. Jakob nahm sich vor, morgen bei seiner Zahnarztpraxis anzurufen. Wenigstens half ihm das Gespräch mit Philomena, sich aus seiner Aufschieberitis zu lösen.

„Man kann mit Zahnersatz etwas kaschieren, was sich dann erst bei einem Zungenkuss bemerkbar macht. Aber dazu kommt es ja mit jüngeren, zeugungsfähigen Personen wegen der Signalwirkung des Alters kaum. Und sollten sich wirklich zwei Alte mit den Zungen gegenseitig in ihren Mündern herumwerkeln ..."

Sie schmunzelte beim Anblick seines angeekelten Gesichtsausdrucks.

„... und die beiden dabei auf die eine oder andere Zahnprothese stoßen, gibt das eher Anlass zu Gesprächen, ob es sich noch lohnt, Implantate einsetzen zu lassen."

Ihn überkam ein Anflug von Übelkeit. War es der Grießpudding oder der Anblick der kalten Lorke, die sie in sich hineingekippt hatte? Er warf einen Blick auf seine Uhr.

Philomena war das nicht entgangen. „Ich weiß, die Zeit drängt, Jakob."

Sie lächelte. „Aber wir sind noch nicht fertig."

„Um kurz von der Stirn zu sprechen. Sie bekommt tiefe Falten und Einbuchtungen, die von Wülsten umgeben sind. ..."

Allein dieses Wort weckte aufs Neue seinen Widerwillen.

„... selbst wenn dem nicht so ist, wirkt so eine Gesichtsfront disproportioniert. Der Rückgang des Haaransatzes macht sie übermäßig groß, ohne dass sie einer Denkerstirn gleicht. Mehr einer breiten, mit Pigmentflecken übersäten Fläche, die niemand gerne anschauen, geschweige denn berühren möchte."

Er drehte sich um und spähte nach Julia. Sie war längst nicht mehr zu sehen. Er bereute, sie vorhin nicht angesprochen zu haben.

Philomena berührte seinen Arm. Jakob drehte sich um und blickte ihr ins Gesicht.

„Warum glaubst du, tragen so viele alte Leute Hüte, Mützen und sogar Perücken?"

Ihm war das piepegal. Er war nur froh, dass sich ihre Stimme wieder auf ein normales Maß eingependelt hatte.

„Ich will es dir sagen. Man bedeckt damit eine Problemzone, der unbedeckte Rest bleibt aber dennoch sichtbar."

Sie musterte ihn wie einen Gegenstand, den man aus der Distanz betrachtet.

„Kommen wir zum restlichen Körper. Schließlich hattest du mich darum gebeten, das Alter vollständig zu beschreiben!"

Das war der Moment, um die Sache zu Ende zu bringen. „Ach, Philomena, besser nicht. Ich glaube nicht, dass ich den Rest auch noch hören will!"

„Nur noch fünf Minuten. So viel Zeit muss noch sein."

Sie sprach schneller. „Unter dem Kopf liegt der Hals! Oder besser, er lag dort einmal! Denn mit den Jahren ist er entweder geschrumpft und der Kopf wirkt wie

24

direkt auf den Rumpf gepfropft. Wie eine Kugel auf einem unförmigen Gebilde ..."

Jakobs Finger berührten unwillkürlich seinen Hals, um sich dessen Präsenz zu vergewissern.

„... oder er ist dünn und voller Falten. Vom Kinn hängt es herab. Aber nicht das gemütliche Doppelkinn, das man gerne mal drückt, sondern ein schlaffes Gebilde, das an einen leeren Hodensack, zu dem wir später kommen, erinnert. Ein Ding, das man nur mit Grausen anfasst."

Er holte tief Luft und dachte an seine Freundin Nina, mit der er sich für den Nachmittag verabredet hatte. Nina war jung und schön. Nie würde sie so aussehen, wie diese Frau, die pausenlos auf ihn einredete. Vielleicht war es sowieso besser, abzutreten, bevor man so alt wurde wie Philomena ...

„Durch den mit den Jahren gekrümmten Hals beugt sich der Kopf nach vorn. Etwa so wie bei einem Huhn. Damit kommt der unförmige Schulterbuckel zur Geltung, auf dem sich jahrzehntelange Enttäuschung in dicken Gewebepaketen abgelagert hat. Diese Schultern mussten so viel tragen, dass sie vom Gewicht der alltäglichen Sorgen verbogen wurden und den Rumpf nach vorneüber ziehen ..."

Er musterte sie aus den Augenwinkeln. Hatte sie nicht auch so etwas, das man einen Witwenbuckel nannte?

„Der ganze Mensch erscheint wie zusammen-gedrückt. Sein Schwerpunkt wandert nach vorne. Der Kopf und die Schultern hängen vor dem eingedrückten Brustkorb. Unter den Rippen beult sich ein ausgedehnter Unterleib heraus, der in unseren

Breitengraden meist bedeckt ist, was uns manch schauriges Bild erspart. Kein Wunder, dass eines Tages ein Rollator hermuss, damit der ganze Mensch nicht vorne überkippt."

Sie schnellte mit ihrem Oberkörper nach vorne.

Offensichtlich war Philomena wie besessen von ihrer Altersobsession. Jakob erinnerte sich an eine Schauspielerin, die sich aus Angst vor dem Alter umgebracht hatte. Vielleicht hätte Philomena sich dazu auch entschließen sollen. Außerdem stimmte es nicht, was sie gesagt hatte.

„Es gibt auch Menschen, die im Alter schlank geblieben sind, Philomena."

Sie machte eine wegwerfende Handbewegung.

„Schon richtig, doch nackt wirkt oft vertrocknet, was einst ein stolzer Körper war."

„Quatsch, mit Sport kann man vieles verbessern!"

Offenbar war das in ihrer Generation kein Thema gewesen. Seine Zunge tastete jetzt wieder nach seinem Backenzahn, der deutlich puckerte. Da war eindeutig ein Loch. Dazu kam die Übelkeit. Sein ganzer Körper schien in diesem Moment zu revoltieren.

„Jakob, stell dir Prominente unbekleidet vor. Was hätte es für Auswirkungen auf deren Image, wenn ihr Publikum sie so sähe?"

Er dachte an Leute, die man häufig in den Nachrichten sah. Ob der Anblick ihrer nackten Körper die Einschaltquoten in die Höhe treiben würde?

Philomena grinste, als könnte sie seine Gedanken lesen. „Wenn du in die Sauna gehst, siehst du, wie die Jahre den Menschen verunstalten. Ein schwächlich wirkender Oberkörper, der vor dem letzten

Rippenbogen endet. Darunter schließt sich ein Trommelbauch an, wahlweise Bauchfalten, die so tief herunterhängen, dass der Nabel nicht mehr zu sehen ist. Die Arme sind wie dünne Stöcke oder wulstig aufgeblasen. Die Muskeln verwandeln sich in Fett. Wer verblendet genug war, sich in der Jugend tätowieren zu lassen, der bietet dem Betrachter grotesk verzerrte Bilder, die ahnen lassen, was da vor Jahrzehnten gestochen wurde."

Sie stieß ihren Atem hörbar aus.

„Eigentlich brauchst du keine Sauna, um zu sehen, wie es um jeden bestellt ist."

Jakob verzog seinen Mund zu einem schiefen Lächeln.

„An den Händen erkennst du sofort, wie es um das Alter einer Person steht. Auch wenn sie sich die Haare färben, Botox spritzen, sich liften lassen und das Fitnessstudio aufsuchen, die Hände lügen nicht."

Sie zeigte auf ihre, die faltig und voller Pigmente waren.

„Jakob, wo guckt eine Frau bei einem Mann zuerst hin?"

„Auf das Gesicht und die Hände, sagt man."

„Genau! Und das hat einen Grund. Das Gesicht und die Hände lügen nicht. Die Haut wird dünn. Sie schlägt Falten und die Haare auf dem Handrücken erfreuen sich eines derben Wachstums. Oder es lagert sich Wasser ein und die Haut quillt auf. Das sind Ödeme, in einer Skala von blässlich fahl bis zu einem schrillen Rot. Farbtöne, die nichts mit der Blüte des Lebens gemein haben", sagte sie und hielt ihm ihre gespreizten Finger dicht vors Gesicht.

„Noch dazu sammeln sich im Alter zahlreiche Pigmente auf der Haut an. Vermutlich sind es jene, die aufgrund der ausgefallenen oder weißen Haare heimatlos geworden sind und sich ihren Platz woanders im Körper suchen."

Jakob lachte, als er sich die im Körper herumirrenden Pigmente vorstellte, die die verzweifelt eine neue Bleibe suchten.

„Das ist nicht lustig!", sagte Philomena streng.

Er zuckte mit den Achseln.

„Wer begreift schon, was für ein merkwürdiger Mechanismus hinter dieser Sache steckt", murmelte sie.

„Das hat man längst untersucht, Philomena. Es gibt eine Menge Leute, die daran forschen, den Alterungsprozess zu verstehen, um ihn aufzuhalten oder wenigstens zu verlangsamen."

Sie schloss ihre Augen und sagte: „Aber man weiß trotzdem nicht, warum gerade das passiert. Vor allem auf den Händen erscheinen zunehmend Altersflecken, die groteske Größen und Formen auf der Haut annehmen. Nicht genug damit, dass sie da sind, sie sind aufdringlich, heben sich regelrecht hervor."

Sie lächelte.

„Auf Französisch heißen sie *Fleurs de cimetière*."

„Das klingt schön, was bedeutet es auf Deutsch?"

„Friedhofsblumen!"

„Scheußlich."

Ihre Stimme wurde lauter. „Du sagst es! Offenbar gibt es neben dem Keratinsaldo - die ausgefallenen Kopfhaare werden durch Haare an den unmöglichsten Stellen ersetzt - auch ein Melaninsaldo. Schwarzer

Farbstoff, der sich an anderen Orten ablagert, weil die Glatze oder die weiß gewordenen Haare nichts mehr aufnehmen. Brutto wie netto, egal wo diese Auswüchse und Pigmente sich am Körper auch immer ansammeln."

Philomena einen skurrilen Humor, dachte Jakob und grinste. In diesem Moment verbarg sie ihr Gesicht unter ihren Händen und stoppte ihren Redefluss.

„Alles in Ordnung?", fragte er.

„So Jakob. Wir kommen jetzt zum Unterleib. Der Vollständigkeit halber will ich mit dir über die Geschlechtsorgane und darüber, was mit Genitalschmuck in den Jahren passiert, reden! Bist du dazu bereit?"

Er dachte an Nina, die damit liebäugelte, sich den Bauchnabel und die Zunge piercen zu lassen.

„Ein anderes Mal, Philomena!"

Das es nicht geben wird, dachte er und sah, wie sich ihr Mund öffnete.

„Nein! Mir reicht es jetzt! Wenn du nicht willst, dass ich sofort gehe, dann hör endlich damit auf!"

Er erhob er sich mit einem Ruck, sodass sein Stuhl an den seines Nachbarn stieß. Einige im Saal drehten sich nach ihm um. Er griff nach seinem Rucksack doch in diesem Moment fasste Philomena ihn am Arm.

„Warte doch noch! Jetzt bist du so weit, das tatsächliche Geheimnis hinter dem Altwerden zu erfahren!"

Er seufzte. „So? Dann aber gleich!"

Sie war eingeschnappt. „Natürlich. Aber lass uns bitte hier rausgehen. Begleitest du mich noch zur Bushaltestelle?"

Halbherzig folgte Jakob ihr durch die Tischreihen zum Ausgang. Er blickte vergeblich nach Julia. Seine Stimmung war im Keller, doch er hoffte noch auf eine Erkenntnis aus Philomenas Geschichte.

Sie sprach erst, als sie bereits auf der Straße waren.

„Jakob, diese hässlichen Veränderungen, die ich dir beschrieben habe, sind nichts weiter als deutlich sichtbare Zeichen, die unsere körperliche Endlichkeit bezeugen. Sie weisen die Jüngeren darauf hin, dass wir nicht mehr geeignet sind, um mit ihnen Nachwuchs zu zeugen, geschweige denn diesen noch großzuziehen!"

Sie sah ihn an, als hätte sie ihm das Geheimnis des Universums offenbart und wartete auf seine Reaktion.

„Deine Theorie ist interessant. Biologisch gesehen, plausibel. Aber insgesamt gesehen, bleibt es doch fürchterlich, Philomena!"

Als Philomena nichts dazu sagte, fügte er hinzu: „Ich weiß nicht, was du damit bezweckst!"

Ihm kam wieder der Gedanke, der ihm vorhin schon durch den Kopf gegangen war. „Außerdem möchte ich gar nicht so alt werden."

Philomena sah ihn plötzlich mit einem Blick an, wie er es sich von seiner Mutter immer gewünscht hätte.

„Das sagst du so, Jakob. Alt sein will niemand, aber alt werden schon. Alles, was ich dir beschrieben habe, kommt ja nicht auf einmal, so wie der Bus, auf den wir warten. Diese Zeichen kommen schleichend und jeden Tag ein bisschen mehr. Wenn du etwas bemerkst - ein graues Haar, ein Hautfleck, eine tiefere Falte - da denkst du, das ist nichts, das wird schon. Du meinst, du brauchst nur etwas Erholung, bist müde, überarbeitet, und so weiter."

Sie liefen ein paar Schritte, bis die Haltestelle in Sicht kam.

„Freiwillig abtreten wird deswegen kaum jemand", konstatierte Philomena und fuhr fort: „Es ist eine Gnade der Natur, dass sie uns so langsam altern lässt, dass wir es fast nicht bemerken. Nur wundert es uns manchmal, wenn das Bild im Spiegel nicht mehr mit der Vorstellung von uns übereinstimmt."

An sie an der Bushaltestelle waren, rümpfte Philomena die Nase. Ganz in der Nähe stand ein voller Mülleimer.

„Weißt du, es ist vergleichbar mit diesem Gestank. Wer ihn gerade bemerkt, dem erscheint er penetrant. Aber nach einer gewissen Zeit gewöhnt sich die Nase daran und man spürt ihn nicht mehr. Ja, man wundert sich über jene, die neu hinzukommen und sagen, hier stinkt es gewaltig. Wie glaubst du, könnten sich vollgepisste Penner sonst auch nur eine Sekunde ertragen?"

Jakob verzog angeekelt sein Gesicht. Das näherkommende Geräusch eines Motors ließ sie beide aufblicken.

„Da kommt mein Bus."

Philomena sah auf ihre Uhr.

„Wie so oft mit Verspätung. Aber dann ist er plötzlich da. So verhält es sich auch mit dem Alter."

Sie drückte ihm eine Visitenkarte in die Hand. „Wenn du möchtest, treffen wir uns am nächsten Freitag in diesem Café. Passt es dir gegen sechzehn Uhr?"

Er schüttelte den Kopf. „Ich weiß nicht, ob ich da Zeit habe!"

„Macht nichts. Ich bin auf jeden Fall da."

Mit einem Zischen öffnete sich die Bustür.

„Und du gehst jetzt zu deiner Freundin und ihr erfreut euch an der Schönheit eurer Körper!"

Sie lachte über seinen erstaunten Gesichtsausdruck.

„Das meine ich ganz ernst, Jakob. *Carpe diem* - nutze den Tag -, sagten schon die alten Römer."

Ihm war, als hätte sie seine Gedanken gelesen.

Die Bustür schloss sich und Philomena winkte ihm kurz zu, während sie sich durch den Mittelgang nach hinten drängte.

Konsequent bleiben!

„Tut mir leid für die Verspätung", keuchte Jakob. Er sprang von seinem Rad und Philomena, die in diesem Moment gerade die Straße überqueren wollte, fast auf die Füße.

„Ich freue mich, dass du doch noch gekommen bist, Jakob." Philomena umarmte ihn, was Jakob verblüffte. Schließlich kannten sie sich kaum.

„Ich hatte vergessen, dass heute überall in der Innenstadt Aktionen gegen die Klimakatastrophe stattfinden. Zum Glück bin ich mit dem Rad unterwegs. Viel besser, als wenn ich mich in den Bus gesetzt hätte."

„Sei erst froh, dass du nicht im Auto gesessen hast. Meins steht ein paar hundert Meter entfernt von hier. Ich schaffe es auch nicht immer, pünktlich zu sein", sagte sie.

Sie warteten am Straßenrand, während der Verkehrsstrom vorbeirauschte.

„In einer Großstadt muss man damit rechnen, durch Unvorhergesehenes aufgehalten zu werden. Ich plane immer ein paar Minuten mehr Zeit ein", sagte Philomena.

Jakob nickte.

„Viele kommen damit aber schwer zurecht. Wenn ihnen was dazwischenkommt, fahren sie gleich aus der Haut."

„Das stimmt", antwortete sie.

Ihre Augen suchten nach einer Lücke in der Blechlawine.

„Jeder wünscht sich, dass alles nach seinem Plan läuft und vergisst dabei, dass die anderen eigene

Vorstellungen haben. Die Menschen sind manchmal sehr widersprüchlich."

Für einen Moment war die Straße frei und sie gelangten auf die andere Seite. Dort lag das Café Krümelbiss, der Treffpunkt, den Philomena vorgeschlagen hatte. Auf der Terrasse gab es noch freie Tische.

„Sag mal, was meintest du gerade mit widersprüchlich, Philomena?", fragte Jakob, während sie sich hinsetzten.

„Wie? Ach ja!" Sie legte ihre Handtasche auf den freien Stuhl neben sich.

„Weil viele der um unsere Lebensumstände besorgten Klimaaktivisten bereit sind, diese komplett umzukrempeln!"

Sie reichte ihm die Karte. Jakob warf einen kurzen Blick darauf. „Ich nehme einen Cappuccino."

„Magst du Kuchen, Jakob?", fragte Philomena.

„Besser nicht!"

„Also dann, zwei Cappuccino." Philomena gab der Kellnerin ihren Wunsch mit auf den Weg.

„Du sagtest gerade etwas von Lebensumständen, Philomena. Woran denkst du da?"

Sie nickte. „Ja, weil du vorhin von der Demo gegen den Klimawandel gesprochen hast. Da fiel mir das ein."

„Na, wenn du mit Lebensumständen Autos und Flugreisen meinst, widerspreche ich dir. Es geht doch um die Zukunft der Erde! Ich verstehe vollkommen, dass sich da viele Menschen betroffen fühlen."

Er sah sie abschätzend an. Vielleicht war ihr das dringende Problem gar nicht so sehr bewusst.

„Verstehe ich schon!", sagte sie.

„Durch den Klimawandel wird sich vieles ändern, auch bei uns!"

Dann fügte sie hinzu. „Obwohl ich nicht glaube, dass die Erde in zwölf Jahren verbrennt, wie manche behaupten."

„Das vielleicht nicht, Philomena. Aber überleg mal. Wenn das mit dem Temperaturanstieg so weitergeht, haben wir hier im Sommer bald eine Hitze wie am Mittelmeer."

Philomena nickte.

„Laut Bundesumweltamt steigen die Temperaturen in Europa in den nächsten achtzig Jahren zwischen ein bis fünf Grad. Es gibt mehr Starkregen und mehr Trockenheit. Die Sommer werden heißer und die Winter milder."

„Eben!" Jakobs Miene verdüsterte sich. „Und an den Küsten steigt der Meeresspiegel! Das ist eine Katastrophe!"

„Katastrophe, glaubst du?"

„Na klar! Das ist doch wissenschaftlich bewiesen."

Er runzelte die Stirn. Philomena schien sich des Ernstes der Lage nicht sehr bewusst zu sein.

„Philomena, möchtest du in einem Land leben, wo es so heiß ist wie am Mittelmeer? Wo es monatelang überhaupt nicht oder in Sturzbächen regnet und die Küsten von Hochwasser überschwemmt werden! Viele Inseln und Küstenländer werden untergehen. Das wird eine lebensfeindliche Welt und sie bedroht die Existenz vieler Menschen!"

Inzwischen standen zwei Tassen auf ihrem Tisch, aus denen es verführerisch duftete. Philomena nahm einen Löffel Zucker.

„Anders ist sie dann schon", sagte sie nachdenklich, nachdem sie den Cappuccino gekostet hatte.

„Eben, und nicht besonders angenehm", erwiderte Jakob. „Du wirst es nicht mehr erleben, aber wir Jüngeren schon."

Philomena nahm einen tiefen Atemzug. „Also, was das Angenehme betrifft: Jedes Jahr brechen doch Millionen Menschen auf, um genau in Gebiete zu reisen, in denen ein Klima vorherrscht, wie es uns hier für die Zukunft prophezeit wird. Und die meisten Leute fühlen sich dabei prima. Sie sitzen wie wir in einem Café, lassen sich die Sonne auf die Haut scheinen und trinken ihren Cappuccino. Noch dazu bezahlen sie eine Menge Geld dafür und nennen es Urlaub. Für viele bedeutet es, belohnt zu werden für die Monate, in denen sie hart gearbeitet haben!"

Sie lächelte. „Vergiss deinen Kaffee nicht, sonst wird er kalt."

Jakob schüttelte den Kopf. Bei Philomena wusste man nicht, ob es Ernst war oder Ironie.

Bevor er dazu kam, etwas zu antworten, fügte sie hinzu: „Zu denen gehören auch Leute, die politisch gegen den Klimawandel kämpfen, obwohl sie in Wirklichkeit Menschen bekämpfen, die sie als Klimaschädlinge einstufen. Sie sehen in den anderen die Verursacher der Klimakatastrophe. Und warum? Nur weil diese Leute andere Ansichten haben oder für den Weg zur Arbeit auf ihr Auto angewiesen sind, da sie sich keine teure Wohnung in der Nähe ihres Arbeitsplatzes leisten können ..."

Er fuhr ihr ins Wort. „Das ist doch Quatsch. Es gibt eben Leute, die noch nicht begriffen haben, was uns mit der Klimaveränderung bevorsteht. Die muss man überzeugen. Schließlich geht es, wenn nicht um sie, dann um ihre Kinder."

Sie nickte und sagte spöttisch: „Komischerweise nutzen einige der engagiertesten Kämpfer gegen die Klimaleugner selbst häufig das Flugzeug. Sie fahren in Dienstwagen der Oberklasse und verreisen oft in weit entfernte Länder. Wesentlich öfter als die so hingestellten Klimaschädlinge, die mit dem Auto oder der Bahn, wenn überhaupt, in den Urlaub fahren. Vielleicht glauben manche der Klimaaktivisten aber, dass diese Privilegien nur ihnen zustehen."

Jakob winkte ab.

„Ich weiß, worauf du anspielst, aber nicht alle Klimaschützer sind so. Viele unter ihnen haben Angst, dass sich die Lebensumstände auf der gesamten Welt verschlechtern ..."

Er biss sich auf die Lippe. Leute mit eben solchen Ansichten waren der Grund, warum es mit der Klimarettung kaum voranging.

„Denk doch mal, wenn dadurch alles kaputtgeht, was uns lieb und teuer ist. Unsere Wälder können in einem solchen Klima nicht überleben. Die Landwirtschaft leidet ebenso wie die Natur."

Er sah sie anklagend an.

Philomena nickte. „So wie es jetzt ist, wird es dann nicht mehr sein. Doch auch in den wärmeren und trockenen Gefilden wachsen Pflanzen, gibt es Flüsse und Seen, andere Tiere, eine dem Klima angepasste Landwirtschaft. Eben Weinberge statt Rübenäcker."

Jakob musste sich zwingen, nicht ausfallend zu werden. „Du spinnst Philomena! Nach den Modellen der

Klimaforscher läuft das nicht so locker ab, wie du es beschreibst!"

„Nur ein Scherz, Jakob. Lass uns bitte nicht streiten!" Sie beugte sich zu ihm.

„Und darf ich dir noch was sagen?" Philomena hielt ihren Finger vor den Mund.

„Behalt es aber lieber für dich, wenn du keinen Ärger haben möchtest."

„Was gibt es denn so Geheimnisvolles?", grollte er.

Sie flüsterte ihm in sein Ohr: „Wobei es nicht ausgemacht ist, ob man den Klimawandel wirksam bekämpfen kann. Geschweige denn, wie groß der Einfluss des Menschen auf das Weltklima in Wirklichkeit ist."

„Aber der Weltklimarat, der IPCC, sagt etwas ganz anderes!"

In diesem Moment brach die Sonne aus den Wolken hervor und schien Philomena mitten ins Gesicht. Sie blinzelte.

„Der IPCC sagt eine Menge und trotzdem fürchten manche insgeheim, dass der Klimawandel trotz aller Bemühungen nicht aufzuhalten ist. Aus dem schlichten Grund, weil der Mensch darauf zu wenig Einfluss hat."

Jakob bemerkte, wie der Lärm von der Straße für einen Moment verebbte. Wie viele Autos mochten in der kurzen Zeit, seitdem sie hier saßen, vorbeigerauscht sein? Es war wie ein schreiender Widerspruch zu dem, was Philomena gerade gesagt hatte.

„Und wenn es doch so ist, Philomena? Wenigstens sollte man versuchen, dagegen anzugehen. Man kann doch die Dinge nicht einfach so weiterlaufen lassen!"

Sie berührte seine Hand. „Du hast ja recht, Jakob. Nur welche Mittel sind dafür die Richtigen? In

Wirklichkeit ist es mehr die Angst vor einer Veränderung, welche die Menschen bedrückt. Im Grunde ist es eine Todesangst. Vertrautes schwindet und Neues, das auf uns bedrohlich wirkt, macht sich breit."

„Versuche nicht vom Thema abzulenken, Philomena. Du wirst doch nicht bestreiten, dass es Menschen gibt, die sich klimaschädlich verhalten!"

„Klar gibt es welche, die unsere Ressourcen verschleudern und dabei die Umwelt verschmutzen. Der Urlaubsreisende hat Flugscham, doch spricht niemand davon, welche Unmengen Sprit durch sinnlose Militärübungen jeden Tag auf der Welt verbrannt werden. Oder denk an das Schürfen von Bitcoins. Der dafür benötigte Strom entspricht einem Sechstel des deutschen Gesamtverbrauchs!"

„Philomena, es gibt sicherlich noch viel mehr solche Beispiele. Wir haben nicht auf alles einen Einfluss, aber wir können da handeln, wo es möglich ist!"

„Ach! Aber den Klimawandel können wir aufhalten!" Sie lachte. „Wenn man nicht einmal gewillt ist, mit den natürlichen Ressourcen sorgsamer umzugehen?"

„Das eine schließt das andere nicht aus, Philomena! Jeder muss mit gutem Beispiel vorangehen. Ich werde mir jedenfalls kein Auto anschaffen und versuche, umweltfreundlich zu reisen."

„Ich sage doch gar nichts dagegen, Jakob. Im Gegenteil. Nur sind nicht alle so konsequent wie du!"

Sie schenkte ihm einen einfühlsamen Blick.

„Aber zurück zu vorhin. Was die Leute umtreibt, ist nicht der Klimawandel, sondern ihre Idee davon. Und weil diese Vorstellung Angst erzeugt, suchen sie sich andere Menschen, die daran schuld sein sollen. Sei es jemand, der in einem SUV unterwegs ist, Wegwerfprodukte und übermäßig Fleisch konsumiert."

„Aber das ist auch unnötig! Willst du das noch verteidigen?!"

Er schluckte. Wenn es schon so schwer war, einen so gebildeten Menschen wie Philomena zu überzeugen, was war dann mit den vielen anderen?

Zornig fügte er hinzu: „Denk doch nur an den ganzen Müll, der durch so eine Lebensweise produziert wird!"

Philomena hob ihre Hände. „Jakob, du hast ja recht! Ich rede nicht von Umweltverschmutzung, die jeder für sich vermeiden kann, sondern vom Klimawandel. Den hat es aber schon gegeben, bevor der Mensch die Umwelt mit seinen Produkten belastet hat."

Ihr Atem ging stärker und für einen Augenblick sah sie vor sich hin. „Wenn du mich fragst, sucht man mit den sogenannten Klimaschädlingen nach Schuldigen für eine Bedrohung, die nicht greifbar ist, die nicht beherrschbar erscheint. Den einzelnen Menschen macht man ein schlechtes Gewissen und hetzt sie gegeneinander auf."

Jakob schüttelte energisch den Kopf. „Nein", sagte er. „Jeder muss bei sich anfangen, Philomena. Sonst ändert sich nie was. Verstehst du das denn nicht?"

„Natürlich, aber es werden doch immer neue Sündenböcke an den Pranger gestellt. Die will man bestraft sehen, um sein eigenes Unbehagen und Gewissen zu beruhigen. Vor ein paar hundert Jahren reagierte man auf Naturkatastrophen und Seuchen, indem man Juden und Ketzer verbrannte. Oder nimm die Hexen, die angeblich für Missernten und Fehlgeburten verantwortlich waren. Der Begriff Klimaleugner passt genau in dieses Schema."

Jakob versteifte sich. „Du reitest nur auf einem Wort herum, aber es geht doch um die Sache an sich!"

„Das ist kein Herumreiten", sagte sie bestimmt. „Der Begriff Leugner wird nicht zufällig benutzt. Wenn ich jemanden so nenne, schließt es eine Diskussion mit ihm aus. Ich gebe damit vor, im Besitz der Wahrheit zu sein! Der andere hat von vorneherein unrecht. Das sind die gleichen Mechanismen wie in einer Sekte, die keine Abweichler duldet."

„Jetzt hast du dich aber in Wut geredet, Philomena. So kenne ich dich gar nicht!"

„Weil ich das Gebaren um Schädlinge und Leugner unmenschlich und heuchlerisch finde. Viele von denen, die wegen des Klimas besorgt um ihre Lebensumstände sind, scheren sich einen Dreck um die Besorgnis anderer Menschen, was deren Situation betrifft."

„Was meinst du denn jetzt damit?", fragte Jakob verdutzt.

„Die selbsternannten Klimaschützer begreifen sich doch als progressiv. Klimaschutz, Globalisierung und der Ruf nach offenen Grenzen, mit der bedingungslosen Aufnahme von Einwanderern, die man auch Klimaflüchtlinge nennt, gehen Hand in Hand!"

Sie trank genießerisch ihren Cappuccino, doch ihre Augen blitzten.

„Ja und? Das ist doch ein Gebot der Menschlichkeit!"

„Ja, merkst du nichts? Menschen, die offene Grenzen mit freiem Zuzug befürworten, akzeptieren, dass sich das soziale und kulturelle Klima bei uns tiefgreifend verändert. Mit drastischen Folgen für die hier ansässigen Bewohner. Dieselben Leute fürchten jedoch den meteorologischen Klimawandel. Sie wollen das derzeit bestehende Klima bewahren."

Sie lachte laut.

„Damit sind sie genauso halsstarrig, wie die von ihnen verspotteten besorgten Bürger, die Angst vor dem gesellschaftlichen Wandel durch eine ungesteuerte Einwanderung haben."

Jakob schüttelte vehement seinen Kopf.

„Das kann man doch überhaupt nicht miteinander vergleichen! Mit solchen rechten Parolen wirst du mächtig Ärger bekommen, Philomena!"

Sie zuckte mit den Schultern. „Vermutlich! Doch was mich ärgert, ist die kognitive Dissonanz dieser sich so fortschrittlich gebenden Menschen."

„Aber Philomena, vielleicht ist es dir nicht bewusst, aber viele Leute denken so. Die Welt hat sich geändert und die Ansichten der Menschen auch. Vielleicht bist du einfach zu alt, um das zu verstehen."

„Da hast du möglicherweise recht, aber sie sollten dabei wenigstens konsequent sein", brummelte Philomena.

„Wie meinst du das nun?"

„Warum soll denn nur der gesellschaftliche Klimawandel positiv und der meteorologische dagegen negativ sein? Ein Anstieg der Temperatur mit einhergehender Änderung der Fauna und Flora ist genauso bereichernd, wie der ungehinderte Zuzug aus anderen Kulturkreisen, der unser Gesellschaftssystem dauerhaft verändert. Der Schock für die eingesessene Bevölkerung, der man vorhält, Neuem gegenüber nicht aufgeschlossen zu sein, dürfte ungefähr vergleichbar sein."

Jakob war fassungslos. Wie konnte sie nur solche Vergleiche anstellen?!

„Aber Philomena. Man nimmt doch an, dass die Einwanderer sich in die hiesige Gesellschaft integrieren und unser Zusammenleben sich nicht grundlegend verändert, sondern vielfältiger wird."

„Akzeptiert! In diesem Fall sollten sich diese Menschen erst recht über den Klimawandel freuen", gab sie zu bedenken.

„Und wieso?"

Sie lachte. „Nun, als Hilfe bei der Integration. Das veränderte Klima kommt mit neuen Pflanzen, Tieren und Infektionserregern den Neubürgern wie ein vertrauter Gruß aus ihren südlichen Heimatgebieten entgegen. So wird der Ruf von der zum Minarett umgestalteten Kirchturmspitze dann bei sengender Hitze unter Palmen und Hartlaubgewächsen erschallen. Das kann sich der Staat als vertrauensbildende und integrationsfördernde Maßnahme für die Zuzügler sogar kostenfrei anrechnen. Auf die Steuern in Form einer Abgabe auf das Kohlendioxid braucht er trotzdem nicht zu verzichten. Denn die Sozialkosten werden ebenso steigen, wie die Anzahl der Neubürger und ihrer Nachkommen, die den alten, geburtenarmen Kontinent bevölkern werden."

Jakob schlug sich mit der Hand vor die Stirn.

„Sei mal ehrlich, Philomena. Das ist doch nicht dein Ernst, was du da sagst!"

„Stimmt, es ist nur ein bisschen Ironie. Viele vertragen das nicht!"

Sie zwinkerte ihm zu.

„Aber ich bin noch nicht fertig! Den Spagat zwischen den klimaschützenden *Fridays for Future* und den klimarevolutionären *Refugees Welcome* Vorstellungen müssen deren Anhänger überwinden, um politisch korrekt zu handeln. *Open Borders* gilt eben nicht nur für menschliche, sondern ebenso für tierische und pflanzliche Klimaeinwanderer aus den südlichen Gefilden in die neu entstandenen ökologischen Nischen. Das sollte vor allem Parteien bewusst sein, die sich besonders für die Natur und Umwelt einsetzen."

Jakob schaute sich diskret um, ob Leute an den anderen Tischen ihnen zuhörten, doch bei dem Straßenlärm war das kaum anzunehmen. Er hielt zwei Finger vor seinen Mund.

„Du, Philomena, lass das bloß niemanden hören. Vielleicht meinst du es nicht so, aber du machst dich sonst wegen Hassrede strafbar!"

Sie warf ihren Kopf in den Nacken.

„Ach was! Das hat mit Hass nichts zu tun, nur mit Konsequenz. Eine letzte Anmerkung, um allen Beteiligten gerecht zu werden. Das derzeit hier im Lande noch lebende Gekreuch und Gefleuch kann sich ja gemeinsam mit den altansässigen Starrköpfen in die skandinavischen Wälder oder die sibirische Tiefebene verziehen. Dort werden dann Temperaturen vorherrschen, wie sie vorher in Mitteleuropa üblich waren."

Jakob war perplex. Das ging eindeutig zu weit. Er fischte ein paar Münzen aus seiner Hosentasche und sah sich nach der Bedienung um.

„Wollen wir nicht lieber zahlen?"

„Ich lad dich ein, mein Freund!"

Philomena lachte schallend und knuffte ihn mit ihrem Ellenbogen freundschaftlich in die Seite.

Ein Pups geht an die Decke

Jakob traf Philomena in dem der Uni nahegelegenen Supermarkt, wo sie vor den Obst- und Gemüseauslagen stand.

„Du hier, Philomena?! Ich hätte vermutet, du gehst eher im Bioladen einkaufen. So eine Überraschung!"

„Na ja, das Geld wird knapper," bemerkte sie und legte zwei Paprikaschoten auf die Waage.

„Deswegen hatten sie ja im letzten Jahr die Mehrwertsteuer gesenkt, damit die Leute mehr konsumieren und so die Konjunktur ankurbeln."

„Ja, aber nur für ein paar Monate. Inzwischen ist sie wieder so hoch wie zuvor. Bezogen auf die Wirtschaftslage war das nur ein Strohfeuer, wenn überhaupt."

„Dafür gibt es jetzt eine höhere Kaufprämie für Elektroautos. Vielleicht wäre das etwas für dich?"

Philomena packte ihre Schoten in eine Tüte. „Die gibt es nur für teure E-Autos, die sich Normalverdiener kaum leisten können!"

Jakob zuckte mit den Schultern. „Ich fahre eh nur mit dem Rad."

„Gut für dich und die Umwelt!"

Sie lachte. „Aber das allein kurbelt nicht die Wirtschaft an! Doch egal, was man versucht, mit der beschleunigten Konjunktur wird auch das Klima mehr beeinträchtigt."

„Wieso das denn?"

„Na, da entsteht wieder mehr Kohlendioxid, wenn alle fleißig produzieren und konsumieren. Das Klimagas, das jetzt mit einer Abgabe besteuert wird."

Jakob schüttelte den Kopf.

„Wenn durch die Abgabe weniger von dem schädlichen Gas in die Luft gelangt, hilft es, die Erderwärmung zu bremsen!"

„Meinst du?", fragte sie. „Es geht ja darum, den Treibhauseffekt zu verringern, nicht wahr? Das vom Menschen verursachte Kohlendioxid macht jedoch nur vier Prozent der Menge des durch natürliche Prozesse entstehenden Kohlendioxids aus."

Jakob nickte.

„Aber genau um die vier Prozent dreht es sich. Denn dieses überschüssige Kohlendioxid gelangt nicht in den Naturkreislauf zurück! Dadurch kommt es zum Anstieg des Klimagases in der Atmosphäre mit den entsprechenden Folgen." Wie zur Bekräftigung hielt er ihr vier Finger ausgestreckt vors Gesicht.

Philomena sah ihn skeptisch an.

„Ich kann mir das schwer vorstellen, zumal es auch nur ein Bruchteil dieser vier Prozent ist, der bei uns entsteht und reduziert werden könnte."

Sie zuckte mit den Schultern. „Aber lassen wir das mal so stehen. Ich habe gehört, dass es noch andere Stoffe gibt, die hauptverantwortlich für den Treibhauseffekt sind."

„Welche denn?"

„Zum Beispiel Wasserdampf, der fördert die Wolkenbildung, damit den Treibhauseffekt und infolge dessen die Erderwärmung. Außerdem gibt es noch das Lachgas."

„Lachgas?", fragte Jakob verdutzt. „Das hat man doch früher zur Narkose benutzt!"

„Stimmt! Aber das ist lange her", sagte Philomena. „Das Lachgas von heute stammt hauptsächlich aus der

Landwirtschaft. Dazu kommt noch das viele Methan, das mit den Afterwinden aus Kuhdärmen in die Luft entlassen wird."

Jakob gluckste: „Lachgas und Kuhpups! Davon habe ich aber bisher noch nichts gehört!"

Sie liefen weiter durch den Supermarkt und blieben schließlich an der Fleischtheke stehen.

„Es ist nicht nur der Kuhpups, Jakob", sagte Philomena laut.

Eine Frau, die in der Tiefkühltruhe nach Fleisch suchte, starrte sie an, als hätte sie etwas Unanständiges gesagt. Philomena rundete ihre Lippen und ließ ein deutliches Pupsgeräusch hören.

Dann sagte sie vernehmlich: „Ich habe neulich gelesen, dass in Deutschland um die vierzig Millionen Schlachttiere, wie Rinder, Schweine und Schafe gehalten werden. Dazu kommen einhundertsiebzig Millionen Stück Geflügel."

Die Frau suchte eilig das Weite, nachdem sie vier Koteletts aus der Truhe gefischt hatte.

Jakob verzog sein Gesicht. „Wirklich? So ein Wahnsinn! Ich esse kaum noch Fleisch. Und wie viele Tiere werden geschlachtet?"

„Du wirst es kaum glauben! Jeden Tag über zwei Millionen."

Er schüttelte den Kopf.

„Aber dann ist es kein Wunder, dass das Fleisch hier so billig angeboten wird."

Sie liefen weiter. Jakob nahm sich zwei Büchsen Tomaten aus einem Regal.

„Heute Abend gibt es bei mir Pizza!"

„Gute Idee."

„Übrigens", sagte Jakob. „Mir fällt gerade ein, dass Kühe viel mehr Methan als wir Menschen in die Luft pupsen, Philomena!"

„Stimmt," sagte sie schmunzelnd. „Und eine weitere Sache verstehe ich auch nicht, Jakob!"

„Was denn?"

„Wo man bei uns so um das Klima besorgt ist, meine ich. Denn in dem Artikel stand auch, dass um die dreihunderttausend Tonnen des bei uns produzierten Schweinefleisches jedes Jahr nach China exportiert werden."

„So?", fragte er verblüfft. „Ich hätte gedacht, das wäre in China viel billiger zu machen. Womöglich haben sich die Handelsströme zwischen den beiden Ländern aber inzwischen umgekehrt."

Sie lachte.

„Klar, darüber spricht man nicht, denn besteuert wird nur Kohlendioxid, das außerdem wichtig für das Pflanzenwachstum ist. Das ist doch merkwürdig, oder?"

Er zuckte mit den Achseln. „Was soll daran merkwürdig sein?"

„Ich meine, wer ernsthaft etwas gegen die Treibhausgase unternehmen will, darf doch Kuhpups, Lachgas und Wasserdampf nicht außer Acht lassen. Oder?"

„Von so her gesehen hast du recht, Philomena."

„Und warum passiert da nichts, wenn man hier so um das Klima besorgt ist?", fragte sie.

„Möglicherweise weil man das Kohlendioxid besser besteuern kann", sagte Jakob. „Zum Beispiel, wenn man Strom verbraucht, Transportmittel benutzt und heizt. Da kann man für jeden Menschen ausrechnen, welche Mengen Kohlendioxid durch ihn entstehen und sie ihm in Rechnung setzen."

Er überlegte und fügte noch hinzu: „Aber das wäre auch für die anderen Klimagase möglich."

Philomena widersprach.

„Aber nicht pro Kopf. Weder den Wasserdampf noch den Kuhpups. Selbst wenn wären damit nur die Industrie und die Landwirte betroffen und nicht die gesamte Bevölkerung. Wie bei der Mehrwertsteuer möchte man aber bei allen Menschen den Rahm abschöpfen."

„Das ist dann wenigstens gerecht. Zumal die Abgabe verbrauchsabhängig ist, Philomena."

„Aber es trifft Geringverdiener wesentlich härter und mit Klimaschutz hat das Ganze kaum zu tun", erwiderte sie, während sie ihren Weg durch den Supermarkt fortsetzten.

„Da fällt mir noch etwas ein, Philomena. Wenn man die Nutztiere pro Kopf und Pupsmenge besteuern würde, müsste man gerechterweise auch die Haustiere einbeziehen."

Sie nickte. „Da hast du recht! In der Statistik stand auch was über Haustiere, und wie viel Fleisch für das Tierfutter draufgeht."

„Ach. Und was kommt dabei heraus?"

„Allein in Deutschland leben um die acht Millionen Hunde und zwölf Millionen Katzen. Rechnen wir das Kohlendioxid für die Herstellung und den Vertrieb des Hundefutters mit den tierischen Emissionen zusammen, dann ist ein Hund im Ergebnis klimaschädlicher als ein mittlerer SUV!"

Philomena lachte über sein entgeistertes Gesicht.

„Da erzählst du einen riesigen Quatsch, Philomena! Diese Statistik möchte ich mal sehen." Er tippte sich an die Stirn. „Das glaubt dir doch kein Mensch!"

„Ich habe mich informiert, Jakob. Das beruht auf wissenschaftlichen Berechnungen."

„Ich glaube das nicht! Aber weißt du was, Philomena?"

Sie schüttelte den Kopf. „Was denn?"

„Wir haben über die Tiere die Menschen vergessen!"

„Korrekt, Jakob! Auch die pupsen und setzen neben Methan und Wasserdampf ihr eigenes Kohlendioxid in die Luft."

„Eben, das meine ich doch."

Sie sah ihn bedeutungsvoll an. „Vielleicht gibt es deswegen Leute, die meinen, wir sollten freiwillig auf Nachwuchs verzichten. Sie behaupten, man müsste die Zahl der Menschen auf fünfhundert Millionen reduzieren."

Er war baff. „Was? Bei einer Weltbevölkerung von acht Milliarden würde nur noch jeder Sechszehnte leben dürfen. Ich vermute, die das vorschlagen, nehmen ihre eigenen Brüder und Schwestern davon aus!"

„Darauf kannst du Gift nehmen, Jakob!"

„Das mach ich lieber nicht! Aber das ist schon schlau von der Regierung mit der Bepreisung des Kohlendioxids! Es geht streng nach dem Verursacherprinzip."

„Klar doch! Und wenn das Klima damit immer noch nicht gerettet ist, kann man das mit der Kohlendioxidabgabe noch ausbauen. Es könnte einen Emissionshandel zwischen Menschen geben. Der erste Schritt dahin wäre eine erweiterte Gesundheitsapp, die deinen persönlichen Kohlendioxidausstoß genau misst."

Jakob nickte. „Das mit der Gesundheitsapp ist technisch schon heute möglich."

Er überlegte. „Ich denke da an eine erweiterte Fitness-Uhr. Die kann deine Leistung und damit auch deinen Energieverbrauch genau berechnen. Und weiter?"

„Siehst du!", sagte sie. „Dann legt man für die Menschen Kohlendioxidkontingente fest. Körperlich arbeitende und Leistungssportler bekommen mehr Einheiten zugestanden als Büroangestellte oder Rentner."

„Klingt logisch, und wer mehr Kohlendioxid ausatmet, als ihm bewilligt wurde, muss dafür aufkommen, oder?"

Philomena hob mahnend ihren Zeigefinger. „Jakob, das ist genauso wie beim Auto mit dem Spritverbrauch. Ganz gerecht, nach dem Verursacherprinzip."

Er räusperte sich. „Aber was geschieht, wenn einer das nicht bezahlen kann, Philomena?"

Ihre Miene wurde düster. „In solchen Fällen muss man sich andere Maßnahmen ausdenken."

„An welche denkst du denn?", fragte Jakob besorgt.

Sie zuckte mit den Achseln.

„Sanktionen, was denn sonst? Man könnte diese Klimaschädlinge kontingentiert beatmen. Wenn die Coronakrise vorbei ist, gibt es viele überschüssige Beatmungsgeräte, die damit einem neuen Nutzen zugeführt werden. Die Klimasünder werden mit der ihnen zustehenden Menge an Luft beatmet, sodass sie beim Ausatmen nicht über den Grenzwert des Kohlendioxids hinausgehen können."

Jakob hielt sie am Arm fest.

„Und wenn die das trotzdem nicht schaffen, Philomena?"

„Dann wird ihnen der Hahn abgedreht. Zuerst nur für zwei Atemzüge, damit sie ihre Missetat bereuen und sich bessern können."

„Und ... dann ...", fragte er.

„Was?"

„Wenn das immer noch nicht hilft?"

Philomena vollführte eine eindeutige Geste.

„Nun Jakob! Was hat man seit jeher mit hartnäckigen Leugnern getan?"

„Du machst üble Witze, Philomena. Was du da sagst, ist unmenschlich!"

„Bisher ist es nur eine Vision über das Schicksal einer Gesellschaft, in der der Mensch nur nach Kosten und Nutzen beurteilt wird und die ihn danach beurteilt, ob er mit dem Zeitgeist konform geht."

„Hoffentlich wird das was du sagst nie wahr!"

„Das liegt allein an den Menschen, ob sie sich einem solchen Irrsinn unterwerfen. Aber nach dem, was gerade so geschieht, bin ich mir nicht sicher, was in Zukunft passieren wird."

Die Angst regiert mit

„Philomena, was du neulich über die Politik und das Klima gesagt hast, geht mir nicht aus dem Kopf."

Mit diesen Worten begrüßte Jakob seine Bekannte. Es war ein sonniger Apriltag und sie hatten sich zu einem Spaziergang im Tiergarten verabredet.

„Warum denn, Jakob?"

„Viele Leute schimpfen auf die Politik. Doch ich glaube, es ist nicht leicht, ein Land zu regieren. Jedenfalls nicht so einfach, wie manche sich das vorstellen."

Sie gelangten über einen Seitenweg in den Park. Philomena antwortete erst, nachdem sie einige Schritte gelaufen waren. „Sicherlich hast du damit recht. Die Leute in der Regierung werden ja deshalb so hoch bezahlt, weil sie sich in dieser schwierigen Kunst verstehen sollten. Obwohl man da manchmal Zweifel bekommt."

„Die Zweifel an den anderen sind oft die Zweifel an sich selbst, Philomena!"

„Das hast du treffend gesagt. Je mehr Selbstzweifel uns quälen, desto weniger vertrauen wir unseren Mitmenschen. Ein Teufelskreis, aus dem es schwierig ist, auszubrechen."

An einer Weggabelung hielten sie inne und entschieden sich dann für die Richtung, aus der die Sonne schien.

Jakob nahm den Gesprächsfaden wieder auf. „Aber klar, ein gesundes Misstrauen ist berechtigt, wenn man manche politischen Entscheidungen bei uns betrachtet. Das unterscheidet ja auch eine Demokratie von Diktaturen, wo Kritik an der Regierung ein Verbrechen ist."

Philomena nickte zustimmend. Dann fragte sie: „Einmal angenommen Jakob, du wärest ein Mitglied der Regierung. Was tätest du, wenn du Zweifel hättest, deine Aufgaben korrekt zu erfüllen? Wenn du befürchtest, die Menschen könnten dir nicht vertrauen, dich nicht mehr wählen oder sogar gegen dich rebellieren?"

Jakob lachte.

„Komische Frage! Zum Glück bin ich nicht in dieser Lage und werde es wohl nie sein."

„Weißt du, was ich denke? In so einer Situation macht man den Menschen Angst! Sie müssen nur davon überzeugt sein, dass es ohne dich nur noch schlimmer kommt!"

Er zuckte mit den Schultern. „Das erscheint mir aber sehr einfach. Bloße Angstmache ist doch leicht zu durchschauen. Du glaubst, das funktioniert?"

„Aber ja! Bereits in der Kindeserziehung. Eltern und Lehrer, die nicht mehr weiterwissen, machen ihren Zöglingen Angst, damit sie nicht über die Verbote nachdenken, sondern gehorchen. Wen die Furcht ergriffen hat, dessen Verstand ist abgeschaltet."

„Wie soll das gehen? Gerade wenn du dich bedroht fühlst, musst du überlegen, aus der Situation heil herauszukommen."

Sie schüttelte den Kopf.

„Wenn es ernsthaft gefährlich wird, bist du nicht mehr fähig, klar zu denken. Unter extremem Stress wirst du nicht einmal eine einfache Rechenaufgabe lösen. Wenn du Todesangst hast, wirst du zu einer Puppe, die allem zustimmt, was ihr befohlen wird!"

Wie zur Bekräftigung streckte Philomena ihre Arme weit von sich.

Jakob erinnerte sich an ein Erlebnis, bei dem er vor ein paar Jahren auf der Straße von drei Jugendlichen mit einem Messer bedroht worden war. Sie hatten ihm schließlich sein Handy und sein Geld abgenommen. Ihm war in diesem Moment auch keine Lösung eingefallen, dafür lief alles viel zu schnell.

„Weißt du, warum das so ist? Liegt das an unseren Genen?"

„Es ist ein biologischer Prozess. Dein Köper bildet vermehrt das Stresshormon Adrenalin. Das passiert bereits, wenn du nur von Bedrohungen hörst oder sie als Zuschauer miterlebst. Die Idee davon, was mit dir geschehen könnte, erweckt bereits Furcht. Auf einen Adrenalinanstieg kannst du nur mit Kampf, Flucht oder Angststarre reagieren. Einen anderen Ausweg gibt es nicht."

Jakob runzelte die Stirn.

„Du meinst, weil das Nachdenken zu viel Zeit braucht, wird es bei Gefahr unterdrückt? Damit die Angriffs- und Fluchtreflexe besser funktionieren?"

„Ja, so ungefähr läuft das ab."

„Und wie reagieren die Menschen normalerweise darauf?"

„Mit Angststarre, da ihnen der Kampf oder die Flucht meistens verwehrt sind."

Jakob dachte an den Überfall auf der Straße. Auch er war starr vor Schreck gewesen, da alles so überraschend kam, dass es ihm beinahe unwirklich erschien.

„Aber was hat das alles mit Politik zu tun, Philomena?"

„Eine ganze Menge, denn Politik wird von Menschen gemacht. Welche Möglichkeit bleibt Politikern, die nur auf ihr Eigenwohl bedacht sind, um sich vor den Wählern zu profilieren?"

Jakob zuckte mit den Schultern. „Indem sie sich als Retter vor den von ihnen verursachten Missständen präsentieren? Ich weiß nicht so recht. Du unterschätzt die Klugheit der Menschen, Philomena!"

„Das hat mit Klugheit weniger zu tun als mit Gefühlen. Die Menschen müssen nur fest daran glauben, dass es keinen anderen Ausweg gibt!"

Er lachte. „Das also verbirgt sich hinter dem Wort alternativlos!"

„Du sagst es und ich habe den Eindruck, dass man sich in der Politik der Angstmache oft und gerne bedient."

„Es gibt doch noch viele andere Möglichkeiten. Warum sollte man das tun?"

„Weil man den Menschen oft nichts anderes anbieten kann!"

„Na ja, Philomena. Sie werden außer Schrecken zu verbreiten auch noch andere Vorstellungen haben. Aber du redest nur von Angstmache. Wie soll das funktionieren? Mir fällt dazu nicht Spezielles ein."

„Klar! Weil es sich eben überwiegend auf der Gefühlsebene abspielt."

„Wie soll das denn genau ablaufen?"

„Ganz einfach. Man stellt die Menschen vor Probleme, die für sie unlösbar sind. Nimm zum Beispiel den Klimawandel. Da wird eine existenzbedrohende Entwicklung des Klimas beschrieben an der wir alle schuld sein sollen. Dafür müssen wir Steuern und Abgaben entrichten. Niemand weiß jedoch, ob, wann und wie extrem eine solche Entwicklung tatsächlich eintritt."

„Ja und?"

„Damit fühlen die Menschen sich ohnmächtig und ihre Hilflosigkeit angesichts der angekündigten Katastrophe lähmt ihren Willen."

„Aber wem bringt das was? Damit wird doch nichts erreicht, Philomena."

„Täusch dich da mal nicht. Angstgetriebene Menschen sind bereit zu zahlen und scharen sich um die Führung, egal wie kompetent diese ist. Sieh dir Wahlergebnisse der Parteien an, die behaupten, etwas gegen den Klimawandel bewirken zu können. Genauso ist es doch mit Corona."

„Das mit der Coronapandemie ist aber eine Ausnahme."

„Ausnahme?" Philomena schüttelte heftig ihren Kopf. „Nein Jakob! Angst und Unsicherheit zu verbreiten ist Methode."

„Das klingt mir zu einfach! Nach Verschwörungstheorie, ehrlich gesagt."

„Soll ich dir ein paar Stichworte nennen, mit denen man die Menschen schon früher verrückt gemacht hat?"

„Sag mal!"

„Nach Anschlägen auf das World Trade Center entstand das Gespenst des Bioterrorismus."

„Du meinst die Briefe mit Anthraxbazillen, die an Senatoren in den USA verschickt wurden? Ich hatte davon gelesen. Es waren Leute aus der amerikanischen Biowaffenforschung, die damit ihre Bedeutung im Krieg gegen den Terror ins Spiel bringen wollten."

„Und die Terroristen benutzten weiterhin Sprengstoff", fügte Philomena nüchtern hinzu.

„Aber Philomena, eins musst du verstehen. Die Furcht vor Infektionskrankheiten steckt seit der Pest tief im Bewusstsein der Menschen. Daher reagierten viele Leute panisch auf neue Seuchen."

Philomena nickte.

„Da hast du recht. 2009 war es die Vogelgrippe, ein Jahr später die Schweinegrippe. Beide hatten keine so große Bedeutung, auch wenn es die gleichen Leute wie heute sind, die schon damals Millionen Tote vorhersagten."

„Ja, aber dann kam Corona mit Covid-19", gab Jakob zu bedenken.

„Nein. Es gab schon vor zwanzig Jahren einen Ausbruch mit Coronaviren, die SARS-Epidemie. Das spielte sich hauptsächlich nur in China ab und die meisten Menschen hier haben das längst vergessen. Da es sich bei Covid-19 um einen globalen Ausbruch handelt, bedient sich die Politik nun dieser Angstkeule."

„Das sagst du so, Philomena. Die Bedrohung durch Corona ist keine Erfindung von Politikern. Sie existiert, auch wenn sie irgendwann einmal vorbei sein wird!"

Sie sah ihn mit düsterer Miene an. „Man kann dabei nur hoffen, dass Corona nicht durch eine neue Seuche abgelöst wird. Selbst wenn nicht, gibt es noch mehr Teufel, mit denen man die Menschen in Atem hält. Nimm die Umweltkatastrophen, gegen die der einzelne Mensch ebenso machtlos ist. Denk nur an Tschernobyl und Fukushima."

„Aber auch das waren riesige Katastrophen, Philomena! Willst du das etwa bestreiten?"

„Keinesfalls. Es geht mir hier um die Politik, die damit gemacht wird. In Deutschland führte es zum

Ausstieg aus der Kernenergie. Doch damit ist das atomare Schreckgespenst nicht aus der Welt, da viele Staaten weiter Kernreaktoren betreiben und sogar neue bauen."

„Das stimmt, aber einer muss doch mit dem Ausstieg beginnen! Sonst wird das nie etwas."

„Aber ist mit dem Atomausstieg die Angst vor der weltweiten Bedrohung beendet? Im Gegenteil. Nun werden die Erderwärmung und die Klimakatastrophe thematisiert. Ein paar Jahre vorher sprach man von einer globalen Eiszeit."

„Wirklich?"

„Ja, mit den gleichen katastrophalen Folgen für die Menschheit."

„Also du glaubst, das ist alles Quatsch und wir machen einfach weiter so! Damit stecken wir nur den Kopf in den Sand, weil wir die Probleme nicht sehen wollen!"

„Nein, das sind unbestreitbare Tatsachen. Obwohl ich überzeugt davon bin, dass man nicht alle Gründe für den Klimawandel kennt. Warm- und Kaltzeiten gab es schon in der Antike und im Mittelalter."

„Kann sein, aber es ist trotzdem positiv, wenn wir uns für die Umwelt einsetzen und dazu gehört auch der Klimaschutz. Du weißt selbst, wie die Meere durch Plastikmüll verdreckt sind und dass Kohlekraftwerke und Autos schädliche Emissionen ausstoßen. Auch die Industrie produziert nur dann sauberer, wenn es dafür gesetzliche Vorgaben gibt!"

„Da sag ich gar nichts gegen, aber bei uns geht es doch hauptsächlich nur um das Kohlendioxid. Obwohl dieses sogenannte Klimagas die Grundlage für das

Leben auf der Erde ist und kein schädlicher Sonder-
müll, was manche schon glauben. Und dass Elektroautos in der Summe umweltfreundlicher sind, wird auch
von ernst zu nehmenden Fachleuten bezweifelt!"

„Du meinst, den Verantwortlichen geht es also nicht
um Umwelt- und Klimaschutz, sondern nur darum,
ihre Agenda umzusetzen. Das hört sich wieder sehr
nach Verschwörungstheorie an. Und wozu soll das alles deiner Meinung nach dienen?"

„Um uns weiter im Angstmodus zu halten. Damit
wir das tun, was uns gesagt wird. Diese ganze Geschichte ist wie der Wettlauf zwischen dem Hasen und
dem Igel: Wenn erst die Kernenergie abgeschafft und
die fossilen Brennstoffe gebannt sind, dann ist die Welt
gerettet. Doch leider muss das weltweit geschehen und
nicht nur bei uns. Aber davon sind wir Lichtjahre entfernt. Der einzelne Mensch, selbst wenn er Strom spart,
auf das Auto und das Fliegen verzichtet, ist und bleibt
machtlos. So bleibt die Bedrohung bestehen und die
Menschen fühlen sich ohnmächtig und frustriert."

„Selbst wenn, Philomena. Die Klimaveränderung,
der zunehmende Müll und die radioaktiven Abfälle.
Das alles sind tatsächliche Gefahren für die Menschheit!"

„Das bestreite ich nicht. Es geht in erster Linie nicht
darum, ob die Bedrohungen real oder fiktiv sind. Wichtig ist, dass sich die Politik solcher Mittel bedient, um
die Menschen in Angst zu halten, um sie nach ihrem
Willen gefügig zu machen."

„Leere Drohungen wirken nicht auf Dauer, Philomena. Im Gegenteil, sie machen unglaubwürdig."

„Da bin ich mir nicht mehr so sicher. Dieselben Personen, welche die Menschen vor zehn Jahren wegen der Schweinegrippe in Angst und Schrecken stürzten, machen heute das Gleiche mit Corona. Aber längerfristig gesehen hast du sicher recht."

„Na siehst du!"

Sie lachte freudlos.

„Da auch die fürchterlichsten Prophezeiungen sich abnützen, wenn sie nicht eintreffen, findet man weitere Schreckgespenster, um uns Angst einzuflößen."

„Welche sollen das sein?"

„Zum Beispiel der Terrorismus, die Kriegsgefahr, die Eurokrise, Inflation und die drohende Arbeitslosigkeit."

Jakob schüttelte den Kopf. „Das sind aber alles wirkliche Bedrohungen, Philomena!"

„Das ist ja das Problem. Auch mit möglichen Gefahren kann man die Menschen in Panik halten. Das bringt sie jedoch nicht weiter. Im Gegenteil, die Zukunftsängste hindern sie daran, ihre Gegenwart zu leben!"

Jakob verdrehte die Augen.

„Du wirst ja sicherlich nicht die Einzige sein, der das auffällt. Wo sind denn die Stimmen, die belegen, dass es sich nur um Panikmache handelt?"

„Die gibt es schon, allerdings haben sie es immer schwerer, ein Forum und damit Gehör bei den Menschen zu finden. Das Internet ist von immer schärferen Zensurmaßnahmen betroffen."

„Da gibt es aber auch eine Menge Unsinn, den manche Leute da im Netz verbreiten. Außerdem, die meisten Leute stehen positiv zur Regierung. Da braucht sie doch keine Angst davor zu haben, was in irgendwelchen Internetforen verbreitet wird!"

Philomena sah ihn ernst an. „Stimmt Jakob, und warum geschieht es doch?"

Er zuckte mit den Schultern.

„Und wenn manches davon doch wahr ist?", fragte Philomena. „Die Lüge fürchtet nichts so sehr wie die Wahrheit, auch wenn es nur ein kleiner Tropfen ist, der davon durchsickert. Daher hält man die Menschen lieber in einem dauerhaften Alarmzustand."

„Aber wozu? Wem bringt das was?"

„Gegenfrage. An wen wenden sich ängstliche Menschen, wenn nicht an den Staat, der ihnen Rettung verspricht?"

Jakob zuckte mit den Schultern. „Und was passiert, wenn die Rettung dann doch nicht eintrifft?"

Sie lachte bitter.

„Dann heißt es, die Leute hätten sich eben nicht genug nach den behördlichen Anordnungen gerichtet. So einfach geht das!"

Jakob schüttelte den Kopf.

„Philomena, das klingt mir aber zu einfach. Wie ein ungleiches Spiel, bei dem die Politik immer gewinnt. Die Schuld, egal wie es kommt, liegt immer bei den Menschen."

Sie griff nach seinem Arm. „Aber so ist es doch, Jakob! Sieh doch nur, wer für die Folgen von Corona verantwortlich gemacht wurde. Zuerst die Touristen, dann die Partygänger, die Uneinsichtigen sowieso, dann die Kinder und jetzt die Ungeimpften ...!"

Jakob löste sich aus ihrem Griff. „Wenn es nicht gut läuft, stimmt man bei der nächsten Wahl eben für die

Opposition. Die bewirkt dann hoffentlich eine bessere Politik!"

Philomena seufzte. „Ob das aber in der Praxis so funktioniert, dessen bin ich mir nicht mehr sicher. Die Parteien haben sich inzwischen so weit angenähert, dass sie fast alle miteinander Koalitionsregierungen bilden können."

„Selbst wenn, Philomena. Wem bringt das alles denn am Ende etwas? Eine Regierung gibt es in jedem Fall und es regiert sich besser mit Menschen, die mit sich und der Welt zufrieden sind!"

„Normalerweise schon," sagte sie. „Aber manche denken nur an die wirtschaftlichen Vorteile, welche eine Krise mit sich bringt. Das sind nicht nur Leute aus der Politik, sondern auch weltweit agierende Unternehmen."

„Du, ich kenne diese Geschichten. Eine Handvoll großer Konzerne soll dahinterstecken. Ist das nicht auch ein bisschen zu simpel gedacht?"

„Die Wahrheit muss nicht immer kompliziert sein. Solche Krisen dienen dazu, neuen Bedarf an Konsumgütern zu schaffen. Seien es Impfstoffe, Elektroautos oder Windanlagen!"

„Und du meinst, die dafür Verantwortlichen haben schon vorher auf das richtige Pferd gesetzt?"

Er lachte. „Wenn man vorher weiß, welche Aktienkurse steigen werden, gehört man automatisch zu den Gewinnern."

„So könnte es sein, Jakob!"

„Ich glaube es nicht, aber selbst, wenn es so wäre, wie soll ich mich als Einzelner dagegen wehren?"

Philomena seufzte.

„Das erfordert Kraft und Mut, Jakob. Je mehr Dinge du für dich selbst entscheidest, je kritischer du bist, desto weniger wirst du zum bequem lebenden Durchschnitt gehören. Damit wirst du ausgegrenzt und angefeindet. Vielen ist die Luft in dieser Lage zu dünn. Je weiter man sich vom offiziellen Meinungsbild entfernt, desto mehr Selbstvertrauen benötigt man, um das durchzustehen."

„Wie gehst du denn damit um, Philomena?"

„Ich bin zum Glück nicht mehr in einem Arbeitsverhältnis und meine Kinder sind längst erwachsen. So habe ich die Zeit mich zu informieren und bin vorsichtig gegenüber Versuchen, mich zu einem bestimmten Verhalten zu beeinflussen."

Jakob blickte auf den Weg, der vor ihnen lag.

„Aber viele Menschen haben nicht diese Freiheit. Ich auch nicht. Selbst an der Uni wird eine bestimmte Sichtweise und Haltung erwartet. Das wird später im Beruf auch nicht leichter werden."

Philomena spürte seinen Zwiespalt. „Du sollst dich auch nicht ans Messer liefern", sagte sie ruhig und fuhr fort: „Aber du hast ein Recht auf deine eigene Meinung. Du musst nicht die Suppe auslöffeln, die andere für dich eingebrockt haben."

Jakob kratzte sich am Kopf. So einfach, wie sie es hinstellte, war es eben nicht.

„Viele Leute sind dafür zu bequem, Philomena. Daher funktioniert das mit der Anpassung oft bestens!"

„Sicherlich. Doch nur, wenn du dich ohne Angst entfalten kannst, bist du auch in der Lage, dir deine eigene Meinung zu bilden!"

Er lachte spöttisch. „Ein großes Wort, Philomena. Ich frage mich nur, ob den meisten Menschen genug Spielraum für ein angstfreies Entfalten bleibt. In der heutigen Zeit ist das schwierig."

Sie drückte seine Hand. „Aber du kannst schon etwas tun. Zur Angstmache zählt auch die Gewalt, die man jeden Tag in Film und Fernsehen sieht. Das hat die gleichen negativen Auswirkungen auf uns wie tatsächliche Erlebnisse."

„Aber Philomena! Wenn es solche Filme nicht mehr gäbe, würden sich viele Leute über den Mangel an Zerstreuung beklagen!"

„Zerstreuung!", sagte sie traurig. „Was für ein obszönes Wort! In Wirklichkeit ist es doch nur Zeitvergeudung."

„Das siehst nur du so, Philomena", erwiderte Jakob. Sie ist zu alt, dachte er, aber sprach es nicht aus.

Philomena beschleunigte ihre Schritte.

„Als ob wir im Leben genug Zeit hätten!", regte sie sich auf. „Wenn die Menschen ebenso wie sie es für ihren Körper tun, darauf achten würden, was sie ihrem Geist zumuten, wäre viel gewonnen. Sie bekämen mehr Widerstandskraft gegen diese Angstmache, die herunterzieht und schwächt. Wer das einmal begriffen hat, lässt sich durch leere Drohgebärden nicht mehr so leicht ins Bockshorn jagen!"

Jakob lächelte kaum merklich. Für Philomena schien alles ganz einfach zu sein.

Nach einer Wegbiegung endete der Park. Ohne es zu merken, waren sie aus dem Tiergarten vor dem Reichstag angelangt.

Beide schauten im gleichen Moment auf die gläserne Kuppel, die das unerfüllte Verlangen nach Transparenz widerspiegelte.

Die Wahrheit ist formbar oder etwa nicht?

„Ich wusste gar nicht, welches Ausmaß an Rassismus bei der Polizei vorherrscht. Das wurde lange unter den Teppich gekehrt. Aber jetzt gibt es neue Gesetze, um das zu unterbinden!"

Jakob saß bereits am Tisch und hielt Philomena, die gerade ins Café gekommen war, eine Zeitung vor die Nase. Ihr Blick fiel auf die Schlagzeile: Rassismus in Deutschland.

„Mir war das auch nicht bekannt und auf einmal weiß es jedes Kind. Komisch nicht?"

Er sah sie mit großen Augen an.

„Was soll daran komisch sein, Philomena?"

„Ich glaube wie überall gibt es auch bei der Polizei Rassisten. Es fällt nur auf, wie das plötzlich zum vorherrschenden Thema hochkocht. Und nicht nur bei uns, sondern auf der gesamten Welt."

„Das ist doch kein Wunder. Nach dem Mord an einem Schwarzen durch einen weißen Polizisten in den USA ging das durch alle Nachrichtenkanäle."

Philomena setzte sich.

„Stimmt. Wir nehmen solche Ereignisse umso bewusster wahr, je öfter sie uns erzählt werden. Welche das sind, darauf haben wir keinen Einfluss und es ist nur eine kleine Auswahl aus der Fülle der Geschehnisse auf der Welt."

„Du willst sagen, was ich nicht weiß, macht mich nicht heiß?"

„Ja! Wir nehmen nur das wahr, von dem wir in irgendeiner Form erfahren haben. Alles andere ist für uns nicht gegenwärtig. Obwohl es trotzdem existiert."

Jakob grinste. „Gut, wenn in China der sprichwörtliche Sack Reis umfällt, werden wir vermutlich nichts davon wissen! Aber von den wichtigen Dingen hören wir schon! Oder worauf spielst du an, Philomena?"

Die Kellnerin kam an ihren Tisch. „Das Gleiche wie letztes Mal?"

Philomena warf einen kurzen Blick auf Jakobs halbleere Tasse. „Einen Kaffee und ein Croissant, bitte."

Nachdem sie wieder zu zweit waren, sagte Philomena: „Ich überlege, warum manche Meldungen auf einmal so hochkochen, dass die Menschen daran explodieren."

Jakob sah sie verständnislos an.

„Ich meine, so wie die mit dem Rassismus bei der Polizei. Das Phänomen ist nicht neu. Nur erhält es aktuell ein größeres Gewicht als vergleichbare Ereignisse zuvor."

„Na das war aber auch extrem, Philomena. Hast du nicht die Bilder gesehen, wie grausam dieser Polizist dem Mann die Luft abgedrückt hat?"

„Leider! Es war furchtbar anzusehen. Aber solche brutalen Übergriffe gab es schon vorher und nicht nur in den USA. Ich frage mich nur, warum der weltweite Aufschrei diesmal so viel größer ist?"

Jakob sah vor sich auf den Tisch.

„Die Menschen werden eben sensibler gegen Diskriminierung, Philomena. Sie wehren sich. Das ist doch gut so!"

Philomena nickte. „Sicherlich, aber ich glaube, es ist mehr als das. Wir werden jeden Tag mit einem Bündel von Nachrichten konfrontiert, die uns wahlweise aufregen, unbeeindruckt lassen oder kaum bewegen."

„Natürlich, aber wir haben die Wahl, uns mit dem zu beschäftigen, was uns davon interessiert!", erwiderte Jakob.

Philomena fügte hinzu: „Auf Mitteilungen, die du nicht bekommst, kannst du jedoch nicht reagieren. Egal ob diese dich interessieren oder nur langweilen würden."

„Logisch, aber es ist für einen Menschen unmöglich, alle Geschehnisse auf der Welt aufzunehmen, selbst wenn sie wichtig sind."

Die Kellnerin brachte den Kaffee und das Hörnchen. Philomena bedankte sich und griff den Gesprächsfaden wieder auf. „Somit entscheidet, was du siehst und hörst, in großem Maße darüber, was dich beschäftigt."

Jakob kratzte sich am Kopf.

„Schon richtig, aber dabei ist auch ausschlaggebend, auf welchem Weg und in welcher Art die Informationen an mich herankommen."

„Siehst du und da spielt die Gefühlsebene eine große Rolle. Ein Film mit einer Gewaltszene erzeugt eine heftigere Reaktion, als ein bloßer Text, der den Vorfall nur beschreibt."

„Klar sonst hätten Bilder und Filme nicht so viel Erfolg", sagte Jakob.

„Aber ich will noch auf etwas anderes hinaus", erwiderte sie.

„Ja?"

„Wenn dir die gleichen Informationen jeden Tag frei Haus geliefert werden, wirst du dich damit beschäftigen. Egal, ob sie dich interessieren oder nicht!"

Jakob runzelte die Stirn. „Nein, Philomena, ich wähle mir schon selbst aus, was ich wichtig finde!"

„Das glaubst du nur", sagte sie.

„Nehmen wir mal die Werbung. Über die Medien bekommst du haufenweise Informationen zu bestimmten Produkten. Ob dir das gefällt oder nicht, spielt dabei keine Rolle. Einmal angenommen, du interessierst dich für Autos. Einige Marken werden häufig beworben, andere weniger und von vielen hörst du gar nichts."

„Stimmt", erwiderte Jakob. „BMW wirbt oft und großflächig für seine Autos."

„Genau und vergleichsweise weniger hörst du von anderen Automarken wie ..."

Philomena überlegte.

„... wie zum Beispiel von Mitsubishi, das ist ein führender japanischer Autohersteller."

Jakob zuckte mit den Schultern. „Ich achte nicht sehr auf sowas."

„Du sagst es. Nach Mitsubishi suchst du nur, wenn du dich speziell für diese Marke interessierst. Von BMW hörst du fast jeden Tag, ob es dir gefällt oder nicht."

Belustigt fragte er: „Na und?"

„Beim Automarkt mag das ja angehen. Mitsubishi müsste nur mehr Geld für Werbeaktionen ausgeben, um hier ebenso bekannt zu werden wie BMW. Ob sich deren Autos damit besser verkaufen, lassen wir einmal dahingestellt."

„Okay, aber worauf willst du hinaus?"

„Übertragen wir mal Produktwerbung auf Informationen, die für uns als Menschen von allgemeinem Interesse sind. Ist es da nicht ähnlich wie im Beispiel von BMW und Mitsubishi?"

„Du meinst ..."

Er lachte.

„... du meinst, die Auswahl der Nachrichten erfolgt nach dem gleichen Schema wie die von Werbespots? Das glaube ich nicht, Philomena."

„Auf eine Art schon ...", beharrte sie.

„... so wie bei den Werbespots gibt es Nachrichten mit immer gleichen Inhalten, die täglich wiederholt und über viele Medienkanäle gestreut werden. Informationen, nach denen du erst suchen musst, erfordern viel mehr Zeit und Mühe. Für die Ersteren brauchst du dich nicht anstrengen, die kommen dir ungefragt ins Haus geflattert."

Er lachte. „In manchen Kanälen werden die Nachrichten sogar alle zwanzig Minuten wiederholt. Genau wie die Werbung."

Philomena nickte.

„Die Firmen investieren dafür viel Geld, um ihren Umsatz zu steigern. Selbst wenn der Werbeclip dich ärgert, erfüllt er seinen Zweck, der darin besteht, deine Aufmerksamkeit auf sich zu lenken."

Sie sah ihn an. „Aber ich denke mehr an Informationen, die du als Nachrichten täglich erhältst."

„Du meinst, die Wiederholung bestimmter Meldungen soll mich ähnlich beeinflussen wie die Werbung?"

„Ja! Sie soll dein Denken in eine gewünschte Richtung bringen."

Jakob rieb sich die Augen. Er hatte nur wenig geschlafen und war müde.

„Damit ich mich entsprechend verhalte, meinst du?"

Er gähnte. „Philomena, das wird ja von den offiziellen Medien auch nicht abgestritten. Was als bloße

Meldung erscheint, enthält auch die Meinung der Redaktion zu dem Ereignis. Das besagte Framing."

Philomena stippte ihr Croissant in den Kaffee. Jakob schaute erstaunt zu.

„Habe ich mir in Frankreich angewöhnt", sagte sie und biss ab.

„Ach, deswegen trinken die ihren Milchkaffee immer aus so großen Tassen."

„Aber nur zum Frühstück", erwiderte Philomena.

Sie fügte hinzu: „Hast du dir schon einmal überlegt, warum urplötzlich ein Thema in den Nachrichtenkanälen hochkocht, um ebenso schnell wieder von der Bildfläche zu verschwinden?"

„Das kann alles Mögliche sein, Philomena. Zum Beispiel Sachen, die sich inzwischen erledigt haben."

„Möglich, aber es kann auch etwas anderes dahinterstecken. Die Aufmerksamkeit der Menschen wird damit beeinflusst. Man kann sie so von bestimmten Problemen ablenken und für andere sensibilisieren."

Er verzog sein Gesicht.

„Das hört sich für mich zu sehr nach gezielter Manipulation an. Ich glaube eher, dass da einer vom anderen abschreibt. Die Medien beobachten sich gegenseitig, Philomena!"

„Sicherlich", gab sie zu.

„Trotzdem sind wir an einem Punkt, wo zwischen Sachinformation und Werbung nicht mehr unterschieden wird."

Er schüttelte heftig den Kopf.

„Das hält doch jedes Kind klar auseinander!"

„So?" Philomena schmunzelte.

„Du siehst es natürlich wieder anders, oder?"

„Nimm die Coronakrise. Es wird zum Beispiel berichtet, dass Wissenschaftler etwas über die Wirksamkeit und Sicherheit der neuen Impfstoffe herausgefunden haben."

„Ja gut, und was ist daran auszusetzen?"

„Du erfährst dabei aber nicht, ob diese Nachricht auf Informationen der daran beteiligten Firmen basiert, oder von Leuten stammt, die mit diesen zusammenhängen. Bei solchen Mitteilungen spielt die Reklame für das Produkt die eigentliche Rolle."

Jakob lehnte sich zurück und streckte seine Beine unter dem Tisch aus. „Aber wissenschaftliche Arbeiten stammen doch aus unabhängigen Quellen."

Philomena nickte. „Idealerweise schon, doch die Wirklichkeit sieht anders aus. Mit Geld kannst du dir Studien und Experten kaufen. Herausgeber von Fachzeitschriften sind auch nur Menschen, und dementsprechend beeinflussbar."

„Das klingt auch wieder nach Verschwörungstheorie, denn das hieße, man kann der Wissenschaft nicht mehr trauen!"

„Der Wissenschaft an sich schon. Wenn ich jedoch die Fachleute für meine Zwecke einspanne, damit sie mir gewünschte Ergebnisse präsentieren, ist das katastrophal. Solch ein Verhalten fördert die Ansicht, dass Forschungsergebnisse grundsätzlich nicht mehr glaubwürdig sind."

„Aber das kann doch niemand ernsthaft beabsichtigen! Keiner will zurück ins Mittelalter, Philomena!"

„Nun ...",

Sie verschränkte ihre Arme hinter ihrem Kopf. „Außer man gehört zu Leuten, denen nicht an der Wahrheit gelegen ist, sondern nur an ihren eigenen Interessen. Wenn die es schaffen, die Wissenschaft auf diese Art zu missbrauchen, haben sie ein leichtes Spiel, die Menschen zu beeinflussen. Danach gibt es keine unabhängigen Stimmen mehr, die ihre Lügen widerlegen könnten."

„Das siehst du zu einseitig. Halte die Menschen nicht für blöd und denke an die vielen Wissenschaftler, die unbestechlich sind."

„Die gibt es zum Glück noch." Philomena holte tief Luft. „Aber vergiss nicht, auch diese Menschen arbeiten in Institutionen und sind finanziell von ihren Arbeitgebern abhängig. Wenn jene, denen nicht an der Wahrheit, sondern nur an ihrem persönlichen Vorteil gelegen ist, die Politik und den Großteil der Medien auf ihrer Seite haben, wird es für die anderen schwierig."

„Was soll denn da passieren?"

Ihre Miene verhärtete sich. „Weil dann kritische Stimmen als Leugner und Wissenschaftsfeinde hingestellt werden. Die unabhängigen Fachleute verstummen und du hörst nur noch das Getöse, das von Werbefritzen und Ideologen veranstaltet wird."

Jakob beugte sich näher zu ihr heran.

„Und du glaubst ernsthaft, die Wissenschaftler und Ärzte sind schon so weit abhängig, dass sie nicht mehr anders können, als ein Lügengebäude aufrechtzuerhalten?"

„Jakob, wenn du deine Unabhängigkeit für einen Vorteil gleich welcher Art aufgibst, bist du erpressbar geworden."

Er verdrehte die Augen. „So viele werden das schon nicht sein."

„Es reicht, wenn es wenige sind, die einen Einfluss auf die Öffentlichkeit haben", gab Philomena zu bedenken. „Vielleicht haben daher manche Leute Zweifel, wem sie überhaupt noch glauben und vertrauen können?"

„Viele verlassen sich nur darauf, was ihnen jeden Tag in den Nachrichten erzählt wird, Jakob."

Er schüttelte den Kopf.

„Philomena, nehmen wir an, es stimmt, was du sagst! Solange du lebst, wird es nicht so schlimm kommen. Aber wenn ich mir das für meine Zukunft vorstelle? Auch du beeinflusst mich und wenn ich dir das alles glauben würde, müsste ich eigentlich verzweifeln, oder?"

Sie sah ihn besorgt an. „Um Gottes willen. Man darf die Hoffnung nicht aufgeben. Niemand weiß, wie es tatsächlich kommen wird. Trotzdem muss man den Fakten ins Auge sehen und sich nichts vormachen!"

„Doch was die Tatsachen sind, darüber sind die Meinungen geteilt. Außerdem fürchten sich viele Menschen davor, von ihren Vorstellungen abzuweichen, weil dann ihr Weltbild zerbricht."

„Aber bedeutet das nicht, starr an einer Ansicht festzuhalten, auch wenn sie längst nicht mehr der Lebenswirklichkeit entspricht, Jakob?"

Er zuckte mit den Schultern. „Ja, aber manche werden mehr davon beeinflusst, was man ihnen einredet, als durch ihre eigene persönliche Wahrnehmung."

„Darauf basiert die Stärke von Propaganda", sagte Philomena. „Man sieht zwar, dass die Wirklichkeit nicht so ist, wie sie einem erzählt wird, aber möchte so fest an diese Geschichte glauben, dass die eigenen

Wahrnehmungen als Trugschluss beiseitegeschoben werden."

Jakob konnte seine Skepsis nicht verbergen. „Aber das reicht doch nicht aus, um die Leute zu Marionetten zu machen, die nur noch nach der Pfeife tanzen! Außerdem, wozu soll das Ganze denn letztendlich gut sein?"

„Was ich schon sagte, Jakob. Man lenkt die Leute von ihren wirklichen Problemen ab und konfrontiert sie mit Geschehnissen, für die sie angeblich verantwortlich sein sollen. Viele entwickeln dann Schuldgefühle. Habe ich die Menschen erst so weit, sind sie leicht zu beeinflussen und zu lenken."

„Und was für Geschehnisse sollen das sein?"

„Nimm den Rassismus, von dem du gerade gesprochen hast. Es gibt noch andere Beispiele."

Da war er wieder, dieser Fatalismus, dachte Jakob und sagte: „Trotzdem kann jeder seinen Teil beitragen, damit sich diese Tendenzen nicht noch verschlimmern, Philomena. Es braucht die Anstrengungen vieler Menschen, wenn man etwas verändern will."

„Schon, aber Vorstellungen allein schaffen ja keine Lösungen. Man wird immer sagen, es sind noch zu wenige, um die Dinge zu verändern! Ich glaube, es werden nie genügend viele sein!"

„Das hängt von den Menschen ab, die nicht so denken wie du", gab Jakob zurück.

„Ich bin keine Rassistin", erwiderte Philomena bestimmt. „Aber wenn ich nur daran denke, die Welt zu verbessern, geraten dringende Probleme, die wir hier und jetzt lösen könnten, in den Hintergrund."

„Ich sehe das nicht so negativ. Außerdem bin ich zuversichtlich. Und selbst wenn ich zu blauäugig sein sollte, was nutzt es mir am Ende, wenn ich das alles weiß?"

Philomena sah ihn eindringlich an. „Zumindest kannst du zum Schluss kommen, dass jeder von uns zu mehr berufen ist, als nur eine Marionette zu sein. Denn dafür reicht das Gehirn eines dressierten Affen, oder?"

„Das stimmt. Trotzdem sehe ich die Dinge anders als du. Deine Erklärung erscheint mir zu einfach, dass wenige an den Fäden ziehen, und alle Puppen tanzen."

Philomena stand auf.

„Um Rechthaberei geht es mir gar nicht."

Sie legte das Geld für die Bedienung auf den Tisch und wandte sich an ihn. „Es stimmt mich nur traurig, dass so viele Menschen ihr Potenzial in ihrem Leben nicht entfalten können, weil sie schon von Kindesbeinen an gehindert werden."

Sie nahm ihre Handtasche an sich.

„Ich muss jetzt gehen."

Er sah ihr hinterher, wie sie zur Straße lief und sie erschien ihm viel zerbrechlicher, als sie sich den Anschein gab.

Auf seinem Heimweg dachte Jakob noch lange über ihr Gespräch nach. Philomena stieß zwar viele Fragen an, doch wenn es um Lösungen ging, dann blieb sie oft unbestimmt.

Lockdown

Jakobs Telefon klingelte. Es war Philomena, die von ihrer dreiwöchigen Reise aus Schweden zurückgekehrt war. Sie war empört, weil sie nach ihrer Rückkehr für zehn Tage zuhause bleiben musste.

„Stell dir mal vor Jakob! Jetzt gab es doch gerade Reiseerleichterungen, und nun müssen Touristen, die nach Deutschland zurückkommen, wieder in Quarantäne. Mich hat es auch erwischt, obwohl ich weder krank noch positiv getestet bin!"

„Ja, davon habe ich auch gehört. Das hat sich während deiner Reise geändert. Es hängt wohl mit der Coronainzidenz in den Urlaubsländern zusammen."

„Für mich geht das noch, doch es trifft jene hart, die in arbeiten und schulpflichtige Kinder haben. Die müssen unbezahlten Urlaub nehmen und riskieren sogar ihre Entlassung."

„Aber Philomena, das ist nur für eine bestimmte Zeit und außerdem gibt es staatliche Hilfen. Sie sagen, dass die Pandemie bald besiegt ist und wieder Normalität einkehrt!"

„Seit beinahe zwei Jahren verkünden sie das. Doch bisher geschieht das nur, um die Menschen an den nicht endenden Ausnahmezustand zu gewöhnen …"

„Das siehst du zu Schwarz", versuchte Jakob sie zu beruhigen.

„In Wirklichkeit kann man dieses Virus nicht besiegen. Das wissen auch diejenigen, die für den Lockdown verantwortlich sind."

„Da bin ich mir nicht so sicher. Außerdem, warum soll das nicht funktionieren?"

„Coronaviren sind weltweit endemisch. Das bedeutet, sie kommen fast überall dauerhaft vor."

„Und was ist dann die Pandemie, von der alle reden?", fragte Jakob irritiert.

„Mit dem Begriff Pandemie ist eine weltweite Epidemie gemeint. Also eine nur für einen begrenzten Zeitraum häufig auftretende Infektionskrankheit, die danach wieder verschwindet."

Sie räusperte sich. „Aber auf die Coronaviren trifft das mit der Pandemie nicht mehr zu!"

„Warum? Die sind doch als Erreger von Covid-19 weltweit verbreitet."

„Coronaviren gab es schon immer, nur die Virustypen ändern sich ständig. Bei einer Epidemie ist es aber immer der gleiche Krankheitserreger, der für eine gewisse Zeit vorherrscht und für Erkrankungen sorgt."

„Was denn zum Beispiel?", fragte Jakob.

„Es gab immer Pandemien wie die Pest, die Cholera oder die Grippe. Die treten plötzlich massiv auf, um nach einiger Zeit wieder im Dunkel des Mikrokosmos zu verschwinden."

Jakob setzte sich auf seine Couch und legte die Beine hoch.

„Philomena, man hofft doch, das SARS-CoV-2 Virus durch Impfung und Kontaktbeschränkungen vollkommen auszurotten!"

Sie lachte spöttisch. „Das ist eben der große Irrtum. Das Virus wird genauso wenig verschwinden wie Schnupfenviren, die es bei uns seit ewigen Zeiten gibt!"

„Und wieso nicht?", fragte Jakob gereizt.

Er verdrehte die Augen.

„Weil Coronaviren mindestens so anpassungsfähig sind wie Schnupfenviren. Man spricht auch nicht von einer Schnupfenpandemie, obwohl es immer wieder massenweise Erkältungskrankheiten gibt. Ebenso wie die Erkältungsviren wandelt sich das SARS-CoV-2-Virus ständig."

Jakob kratzte sich am Kopf. „Du meinst die Virusvarianten von Alpha über Delta bis jetzt zu Omikron?"

„Ja, es gibt noch viel mehr solcher Varianten, doch das ist allgemein nicht so bekannt."

„Wie kommt es denn dazu?", fragte Jakob.

„Je mehr Menschen gegen das gerade vorherrschende Virus immun werden, je mehr Virusmutanten setzen sich durch, welche die Immunität durchbrechen können.

„Und was ist mit den Impfungen", fragte er.

„Es ist gleichgültig, ob jemand durch eine Infektion oder durch eine Impfung gegen das Coronavirus immunisiert wird. Für das Virus gilt: Nur wenn es sich laufend an die Immunität seiner Wirte anpasst, kann es weiter fortbestehen."

Jakob holte tief Luft. „Dann ist es eben eine zeitlich unbegrenzte Pandemie!"

„Eben nicht Jakob, weil die heute vorkommenden SARS-CoV-2-Viren wie Delta und Omikron andere Typen sind, als das ursprüngliche Wuhan-Virus."

„Versteh ich nicht ganz!"

„Bei den Pest-, Cholera- und Influenza-Pandemien herrscht jeweils ein spezifischer Typ des Krankheitserregers für eine gewisse Zeit vor, bis er wieder verschwindet."

„Ja, aber Grippeviren mutieren doch auch!"

„Klar, sonst wären alle Menschen schon längst gegen die Grippe immun! Daher entstehen neue Grippevirus-Varianten, die jeweils für einen begrenzten Zeitraum vorherrschen."

„Aber die können unterschiedlich gefährlich sein, habe ich gehört."

„Allerdings. Als ich gerade achtzehn war, grassierte weltweit die Hongkong-Grippe. In nur einem Jahr starben daran in Deutschland über fünfzigtausend Menschen."

„Was!! Und wie hast du das erlebt?"

Philomena überlegte einen Moment. „Ehrlich gesagt, uns war das damals gar nicht bewusst. Ich kann mich nicht erinnern, dass es solche Maßnahmen wie heute mit Covid-19, geschweige denn so etwas wie einen Lockdown gab. Die Krankenhäuser waren zum Bersten überfüllt und man wusste nicht wohin mit den Toten. Aber man nahm es hin, da man um die Herdenimmunität wusste. Nach gut einem Jahr war der Spuk vorbei."

„Aber sonst hat man weiter nichts getan?"

Philomena stieß einen Seufzer aus. „Es gab Impfungen, aber die kamen zu spät oder funktionierten nicht gut. Man wusste, in der nächsten Grippesaison dominiert zumeist eine andere Influenzavariante, weil viele Menschen gegen die davor aufgetretene immun geworden sind. Das war damals auch so gewesen."

Er schüttelte den Kopf. „Aber im Gegensatz dazu scheint die Coronapandemie nicht zu enden. Man redet immer nur von der nächsten Welle!"

„Das ist ja das Verrückte. Mit den Coronaviren passiert prinzipiell das Gleiche wie mit der Grippe. Nur mutieren die Coronaviren noch viel schneller und häufiger als diese."

„Aber was ist nun der Unterschied zur Influenza, hinsichtlich der Pandemie?"

„Der liegt nur darin, wie die Fälle von den Gesundheitsbehörden erfasst werden. Bei der Grippe wird die Zahl der Erkrankten immer für eine Saison gerechnet. Sie dauert vom Herbst bis zum Frühjahr des folgenden Jahres. Würde man alle Influenzafälle seit ihrem ersten Auftreten aufaddieren, käme man auf eine astronomische Zahl an Erkrankten und Grippetoten."

„Aber das macht man doch bei Covid-19, oder?", sagte Jakob.

„Eben! Bei Covid-19 rechnet man seit dem ersten Auftreten 2019 alle Fälle, wie auch die der Todesopfer zusammen. Daher steigt die Zahl der weltweit gemeldeten Covid-19-Erkrankungen immer weiter an ..."

Sie räusperte sich.

„... obwohl heute ganz andere SARS-CoV-2-Varianten eine Rolle spielen als in den Jahren zuvor."

Jakob kratzte sich am Kopf. Ihm erschien das unverständlich. Philomena musste sich geirrt haben. „Aber Covid-19 wird doch überall auf der Welt als Pandemie bezeichnet, nicht nur in Deutschland, Philomena!"

„Das ist es ja, was mir große Angst macht."

„Angst, wieso? Das ist doch prima, wenn das Pandemiegeschehen weltweit kontrolliert wird!"

Sie lachte müde. „Jakob, es ist längst keine Pandemie mehr, sondern eine Endemie. Das Virus kommt überall auf der Welt vor und mutiert fortlaufend. Die große Menge an gemeldeten Coronainfektionen resultiert aus den massenhaft durchgeführten Coronatests, die zum großen Teil Menschen ohne Erkrankung mit einbeziehen."

„Und wie ist das bei der Grippe?", fragte Jakob.

„Da geht man ganz anders vor. Es muss sowohl die Grippeerkrankung, als auch ein Labornachweis von Influenzaviren vorliegen, um einen Fall auch als Influenza zu bestätigen. Symptomlose Grippefälle gibt es bei der Erfassung demnach nicht!"

Er runzelte die Stirn. „Aber für die Diagnose Covid-19 genügt bereits nur ein Labortest?"

„Eben auch wenn keine Krankheitssymptome vorliegen! Das ist ja das Verrückte. Man hat so etwas bei keiner anderen Infektionskrankheit zuvor je gemacht."

Jakob war überrascht. „Das wusste ich nicht."

„Das bekommst du auch nicht in den Nachrichten erzählt. Da musst du schon in die Statistiken der Untersuchungsämter einsehen und die Falldefinitionen kennen!"

„Aber an die Daten kommt man heran?", fragte Jakob skeptisch.

„Schon, aber es erfordert ein wenig Mühe. Dazu kommt noch eine weitere Sache. Es ist ungewiss, wie zuverlässig die verschiedenen Labortests für Coronaviren sind."

„Wieso?"

„Weil diese Tests bisher nur von den Herstellern selbst bewertet werden. Jeder diagnostische Test hat naturgemäß eine Fehlerquote. Daraus folgt, je mehr Menschen auf Coronaviren getestet werden, je höher auch die Zahl der falsch Getesteten."

„Und das wird in der Statistik nicht berücksichtigt?", fragte Jakob erstaunt.

„Offiziell wird es als vernachlässigbar abgetan, obwohl es das nicht ist!"

Jakob nahm einen tiefen Schluck aus der Flasche Mineralwasser, die vor ihm auf dem Tisch stand. „Als Biologin hast du natürlich einen leichteren Zugang zu diesen fachlichen Fragen."

„Das sind Fakten, die jeder kennen sollte, denn es zeigt, mit welch unterschiedlichem Maß bei der Erkennung von Atemwegsinfektionen gemessen wird."

Sie räusperte sich. „Aber Jakob, ich wollte dir etwas viel Wichtigeres erzählen!"

„Was kann es noch Wichtigeres geben, als das!?"

„Ich habe über diese Dauerpandemie und den Lockdown nachgedacht."

„Und? Zu welchem Schluss bist du gekommen?"

„Einen derartigen Ausnahmezustand über so lange Zeit hat es vorher nie bei uns gegeben. Es gab aber schon immer Grippepandemien. Manche davon waren schwer und vergleichbar mit Covid-19. Trotzdem wurden nie solche einschneidenden Maßnahmen wie ein Entzug der elementaren Freiheitsrechte ergriffen."

„Aber Covid-19 ist gefährlicher als die Grippe, Philomena!"

„Manche Wissenschaftler und Ärzte behaupten das und haben die Regierung und die Berichterstattung hinter sich. Andere Forscher und Mediziner haben daran Zweifel. Nur haben die aber kaum Möglichkeit, ihre Argumente der breiten Öffentlichkeit vorzutragen. Sie werden schnell als Verschwörungstheoretiker und Coronaleugner diffamiert."

„Da gibt es aber auch viele Spinner, die sich in dieser Richtung produzieren", warf Jakob ein.

„Die gibt es in jeder aufgeheizten Situation, und zwar auf beiden Seiten. Aber zu einer öffentlichen Sachdiskussion zwischen Befürwortern und Kritikern der Maßnahmen kam es nie. Ich glaube, sie ist von der Politik auch nicht gewollt."

„Ich weiß, aber das hat einen Grund!", warf Jakob ein. „Man sagt, dass die Menschen durch Falschmeldungen sorglos werden und der Ausbreitung der Krankheit damit Vorschub geleistet wird."

„Wenn du mich fragst, geht es dabei um etwas anderes. Es ist die Angst der Verantwortlichen, durch Argumente widerlegt zu werden. Mit dem Lockdown und den Einschränkungen unserer Grundrechte kann man testen, ob und wie bereitwillig sich die Menschen ihre Freiheitsrechte und ihre Existenzgrundlage nehmen lassen."

„Das klingt mir sehr nach Verschwörungstheorie, Philomena. Wenn es so wäre, gäbe es mehr Protest. Die Menschen würden merken, dass man sich nicht für ihre Gesundheit interessiert, sondern sie nur gängeln möchte!"

„Es gibt schon Kritik, Jakob …"

Ihre Stimme stockte.

„… dennoch gebe ich dir recht. Kaum jemand ist bereit, horrende Bußgelder zahlen, sich zusammenschlagen zu lassen oder sogar das Gefängnis zu riskieren. So sieht man, wie viele Menschen sich ihre Grundrechte aus Angst oder Gehorsam bereitwillig nehmen lassen."

„Puh", sagte Jakob. „Das ist doch Unsinn. Nicht jeder, der die Coronamaßnahmen kritisiert, geht auf die Straße und demonstriert. Das bedeutet aber nicht, dass alle mit allem, was der Staat vorgibt, einverstanden sind."

„Man sieht es trotzdem", beharrte sie. „Beispielsweise an der Menge von Denunzianten, die dem Ordnungsamt melden, ob da einer im Geschäft keine Maske aufgesetzt hat."

„Ach komm", sagte er. „Der Mund-Nasenschutz hat doch einen praktischen Sinn. Wenn du zum Arzt gehst, trägt der auch einen. Und nicht, weil er Angst vor Strafe hat, sondern weil es vernünftig ist, Philomena!"

„Ich behaupte ja nicht, dass die Masken nicht schützen. Aber erinnere dich doch, wie es bei uns abgelaufen ist. Zu Beginn der ersten Coronawelle rieten die Politik und die Gesundheitsbehörden sogar von Gesichtsmasken ab, obwohl sie wussten, dass es eine von Mensch-zu-Mensch übertragbare Atemwegserkrankung ist."

„Und warum?"

„Vermutlich, weil sie nicht vorgesorgt hatten und es zu dieser Zeit nicht genug Masken zu kaufen gab. Eingeführt wurde die Maskenpflicht erst, als man genügend davon beschafft hatte."

„Aber das hätte den Leuten doch auffallen müssen!"

„Ach. Für viele war es ein Zeichen, dass der Staat handlungsfähig ist. Solange die Apotheken nicht ausreichend mit medizinischen Masken versorgt waren, hieß es, ein Tuch oder ein Schal genügt. Nachdem das alle befolgten, wurde die Chirurgenmaske Pflicht. Danach kam der Zwang zur FFP2-Maske. Einige Politiker haben durch diese Maskendeals sehr viel Geld verdient."

„Schwarze Schafe gibt es immer!", sagte Jakob nüchtern.

„Fragt sich nur wie viele", erwiderte Philomena. „Und wir kennen nur aufgedeckte Fälle, die Spitze des Eisbergs."

„Ach Philomena, ich glaube, dass du da zu viel hineininterpretierst. Die Leute tragen die Maske, weil sie sich und andere nicht anstecken wollen."

„Sicherlich, aber auch, weil sie sich keine Scherereien einhandeln wollen", beharrte sie und fügte hinzu: „Dass es dabei nicht um Gesundheitsschutz geht, zeigt das absurde Regelwerk, wo, von wem und welche Masken getragen werden müssen. Meinst du, ein Virus hält sich an solche Spitzfindigkeiten?"

Jakob musste über ihre Bemerkung lachen. „Nein das sicher nicht. Der Staat muss aber zeigen, dass er etwas tut, auch wenn es vom Nutzen her fragwürdig sein mag. Ich denke, man sucht dabei, wenn auch krampfhaft, nach Lösungen um aus der Krise herauszukommen!"

„Kommt man aber nicht. Das Ganze diente nur dazu, die Maßnahmen zu verschärfen, die keinen großen Nutzen gebracht haben. Denn nachdem alle die Coronaregeln brav befolgt hatten, wurden viele Geschäfte, Restaurants, Kultur- und Sportstätten dichtgemacht. Hat das noch etwas mit Logik zu tun?"

Jakob zuckte mit den Schultern. „Nein Philomena. Die Erklärung ist viel simpler. Die Politik reagiert auf etwas, dass sie offenbar nicht beherrscht."

„Warte, ich bin gleich wieder da." Philomena legte den Hörer beiseite.

Draußen wurde es langsam dunkel. Jakob stand von der Couch auf und knipste das Licht in seiner Wohnung an. Er schaute auf die Uhr.

Aus dem Hörer klang ein Ton. Philomena war wieder dran. „Jakob, ich glaube, es existiert ein viel gewichtigerer Grund für den Lockdown."

Jetzt kommt noch eine größere Verschwörungstheorie, dachte er. Philomena war sauer, weil man sie nach ihrer Reise zur Quarantäne verdonnert hatte.

„Da bin ich aber gespannt!"

„Die ganze Sache ist doch eine ausgezeichnete Gelegenheit, sich reinzuwaschen."

„Wovon?"

„Von der Verantwortung!"

„Welche Verantwortung, Philomena?"

„Sieh mal Jakob, dass es zu einer globalen Wirtschaftskrise kommen wird, haben schon viele Ökonomen vor Corona und dem Lockdown prognostiziert."

„Ja, aber die gelten doch als nicht seriös. Kategorie Angstmacher und Spinner. Eher Leute vom rechten Rand."

Sie lachte. „So hieß es, weil man diese Leute damit am besten abqualifizieren konnte. Aber inzwischen ist man sich unter vielen Experten, auch jenseits von Rechtsaußen sicher, dass es weltweit zu einem gewaltigen wirtschaftlichen Einbruch kommen wird."

„Wenn, dann geschieht das gerade wegen der Coronapandemie!"

Philomena widersprach.

„Nicht wegen Corona, Jakob. Dem Virus kann man das ökonomische und gesellschaftliche Desaster nicht anlasten ..."

Ihre Stimme wurde von einer Polizeisirene überlagert, die an Intensität abnahm, bis sie schließlich verstummte.

„... sondern es sind die unter dem Vorzeichen von Corona durchgezogenen Maßnahmen, die den Ruin vieler Wirtschaftszweige nach sich ziehen und uns eine Inflation und hohe Arbeitslosigkeit bescheren."

„Ja, aber die waren doch notwendig! Es waren zumindest Versuche, die Pandemie zu stoppen! Die Menschen erwarten das von der Politik."

Ihre Stimme wurde schärfer.

„Versuche, die aber nicht geglückt sind! Und man hatte das schon früh gewusst. Einige Staaten mit den härtesten Lockdown-Maßnahmen hatten die höchsten Fallzahlen an Covid-19 und damit verbundene Todesfälle zu verzeichnen. In Schweden lief es dagegen weniger rigide ab und trotzdem steht Schweden nicht schlechter da als andere Länder."

Jakob kratzte sich am Kopf.

„Das hat andere Ursachen. Es gibt Unterschiede zwischen den Gesundheitssystemen, den Therapieansätzen, dem Management der Krankenhäuser und noch viel mehr ..."

Sie unterbrach ihn. „Das spielt eine gewisse Rolle, aber lass mich meine Theorie noch zu Ende erzählen."

„Okay."

„Die angeblich alternativlosen Kontaktsperren, Schließungen von Geschäften und Kultureinrichtungen sind doch eine prima Erklärung, warum es gesamtwirtschaftlich bergab geht. Obwohl die Ursachen dafür schon lange vor Corona bestanden."

Jakob lachte. „Das behauptest du Philomena, ebenso wie diese Wirtschaftsgurus, die den Leuten empfehlen, Gold zu horten oder nach Panama auszuwandern."

Sie ließ sich nicht beirren.

„Ich weiß nicht, ob das die richtigen Lösungen sind, aber durch die Coronakrise müssen sich die für die Wirtschaftsmisere verantwortlichen Politiker, Banker und Finanzspekulanten nicht mehr vor den Menschen rechtfertigen. Sie können den wirtschaftlichen Zusammenbruch des überschuldeten Staates auf das Virus schieben. Damit waschen sie sich von ihrer Mitschuld für die Misswirtschaft frei."

Jakob ließ seine Hand auf den Tisch fallen, dass sie es durch das Telefon hören musste. „Aber Philomena …"

„Kein aber! Man hat mit dem Virus einen Schuldigen gefunden, um eigenes Versagen zu kaschieren!"

„Aber Philomena.", sagte Jakob wie zu einem kleinen Kind. „Warum sollten die Regierungen auf der Welt so handeln? Das klingt so, als wären alle ferngesteuert. Das ist doch nicht logisch."

Philomena machte sich laut Luft. „Eben weil die Wirtschaftskrise global sein wird und viele Regierungen auf der Welt Angst haben, von den betrogenen Menschen zur Rechenschaft gezogen zu werden, Jakob."

Jakob sagte nichts dazu und sie fuhr fort: „Glaubst du, so ein extremer Einbruch geht ohne die Suche nach den Schuldigen vorüber? Die Verantwortlichen, die man sonst wegen ihrer Inkompetenz zur Rechenschaft hätte, lassen sich als Retter vor dem Coronavirus feiern."

„Na ja, eine Stimmung ändert sich schnell", brummelte Jakob.

„Schon wahr, aber die heute am lautesten danach rufen unsere Grundrechte zu beschneiden, finden

Zuspruch bei den mit der Angst vor Corona getriebenen Menschen. Ich glaube Jakob, Corona kam gewissen Leuten zupass. Alles, was jetzt den Bach heruntergeht, werden sie dem Virus anlasten."

Er dachte an die Bilder aus den Intensivstationen der Krankenhäuser, die fast jeden Tag im Fernsehen ausgestrahlt wurden.

„Glaubst du denn nicht, der Politik ist an der Gesundheit der Menschen gelegen? Denk beispielsweise an die vielen Mittel für die Impfstoffe und Coronatests, die bereitgestellt werden! Denk an die Aufklärungskampagnen zum Schutz der Bevölkerung."

„Gelder aus Steuermitteln an die Pharmaindustrie und eine dauerhafte Einnahmequelle für jene, die schon jetzt von der Krise profitiert haben. Da Corona für immer bleiben wird, fordert man jetzt schon Nachimpfungen! Die Dritte, die Vierte ..."

Ihr Tonfall hatte etwas von einer Rigorosität, die er nicht von ihr kannte. Für einige Sekunden schwiegen beide, als hätten ihre Worte sie erschreckt.

Als Philomena sprach, hatte sie sich wieder beruhigt.

„Entschuldige, Jakob. Aber ich frage dich, hat sich die Regierung denn vor der Coronakrise so verhalten, als wenn ihr die Gesundheit der Bevölkerung besonders am Herzen liegt?"

Er ließ seine Erinnerungen Revue passieren. „Weiß ich nicht, zumindest ist das nicht immer ersichtlich. Trotzdem hoffe ich nicht, dass wir eine große Gesellschaftskrise erleben."

„Ich auch nicht, aber viele Staaten haben sich darauf vorbereitet. Die Grundrechte wurden durch die Hygienegesetze massiv eingeschränkt. Im gleichen Maße werden Polizei und Behörden in ihren Befugnissen aufgerüstet."

„Aber Philomena!" sagte Jakob irritiert. „Das richtet sich doch nicht zwangsläufig gegen die Bevölkerung."

„Gegen wen denn sonst? Ich sehe sonst niemanden. Das wird sich für manche Staatsführung noch als nützlich erweisen, wenn es wegen der Wirtschaftskrise zu Demonstrationen, Streiks und Unruhen kommt."

Jakob war genervt: „Philomena, das siehst du zu Schwarz. Zumindest glaube ich das!"

Doch Philomena blieb stur.

„Es ist ein politisches Mittel und wurde in der Geschichte schon oft benutzt. Zuerst stürzt man die Welt in ein Chaos, um das eigene Unvermögen zu kaschieren. Wenn das vollbracht ist, tritt man als Retter auf, der den Menschen aus der Patsche hilft."

Jakob musste lachen.

„So etwas nennt man wohl eine Win-Win-Situation!"

„Du sagst es, Jakob!"

Hat das Leben einen Sinn?

Jakob und Philomena trafen sich zu einem Spaziergang auf dem Parkfriedhof nahe der Universität. An einer Mauer unweit der Kapelle lagen die ältesten Grabstätten, viele davon waren seit langem sich selbst überlassen. Vor einem halb in den Boden eingesunkenen Grabstein blieb Philomena stehen.

„Dr. Mellmann, Sanitätsrat a. D.", entzifferte Jakob die verwitterte Inschrift.

Bevor er fragen konnte, warum Philomena gerade hier anhielt, sagte sie: „Wofür lebst du, Jakob?"

Jakob war für einen Moment überrascht. Dann erwiderte er: „Ich bin auf die Welt gekommen durch meine Eltern. Seitdem lebe ich. Ich konnte mir weder aussuchen geboren zu werden noch von welchen Eltern. Ich wurde gezeugt und bin nun auf der Welt. So ist es."

Philomena nickte. „Ja gut, aber fragst du dich nicht manchmal, was der Sinn des Ganzen ist?"

Jakob zuckte mit den Schultern. „Wieso soll da ein Sinn sein? Die Tatsache, dass wir nach einer Bestimmung suchen, bedeutet doch nicht, dass es eine gibt."

„Aber jeder Mensch sucht nach einem Grund für seine Existenz", beharrte Philomena.

„Das meinst du! Viele sehen den Sinn nur mehr als Zweck zu existieren und zu konsumieren. Nach dem Daseinsgrund fragen die meisten Menschen erst, wenn es ihnen schlecht geht oder wenn sie glauben, der Tod steht ihnen bald bevor."

„Stimmt", sagte sie. „Aber ist das nicht eine Existenz, die der eines Tieres gleicht? Leben, weil man geboren wurde, und konsumieren, um zu überleben?"

Jakob zögerte. „Aber das ist es doch letztendlich, was übrigbleibt. Wenn man von dem ganzen Gehabe Drumherum absieht …"

Er lachte, um seine Unsicherheit zu überspielen.

„… doch du meinst, die Menschen müssten unbedingt einen Sinn im Leben suchen!"

Sie nickte. „Wenn man sein Gehirn benutzt, kommen einem doch zwangsläufig solche Gedanken!"

Jakob blickte in die Wolken. „Dafür gibt es die Religionen. Man glaubt an ein höheres Wesen, was einem die Frage und das Grübeln nach dem Sinn des Ganzen abnimmt!"

Philomena schüttelte den Kopf. „Das ist aber nur Bequemlichkeit. Ein übergeordnetes Wesen, das alles regelt und dem du dich unterwirfst. Da musst du dir nicht mehr die Frage nach dem Sinn des Lebens stellen!"

Unnachgiebig sagte er. „Damit hast du zwar recht, Philomena. Aber ist diese Frage nicht nur konstruiert und sogar unlösbar, als dass wir darüber nachdenken müssten?"

„Das kann man so sehen …"

Philomenas Blick verlor sich in die Ferne.

„… aber ist dieser Gedanke nicht nur eine Flucht, um sich nicht weiter mit dieser existenziellen Frage zu beschäftigen?"

Jakob war verwirrt. „Du meinst also, wir müssten unbedingt über den Sinn des Lebens nachdenken!"

„Ich denke schon, wenn wir nicht in geistiger Trägheit verharren wollen", erwiderte sie.

„Vielleicht gibt es aber gar keinen Sinn, Philomena!"

Er kickte einen Stein beiseite, der auf dem Weg lag.

„Und wir zerbrechen uns nur den Kopf, weil wir meinen, unbedingt danach suchen zu müssen."

„Glaubst du, Jakob? Also ich denke, die Menschen fragen danach, weil sie frei sein wollen."

„Frei wovon? Wie soll ich das verstehen?"

„Du bist unfrei, wenn es für dich keine tiefere Bestimmung gibt und du nur lebst, weil dich ein blindes Schicksal auf die Welt geworfen hat. Wenn der Zweck deiner Existenz sich nur darin beschränkt zu konsumieren."

Jakob schüttelte den Kopf.

„Warum? Ich habe doch jede Freiheit zu tun und lassen, was ich möchte."

Philomena machte eine beiläufige Handbewegung.

„Aber damit beschränkst du dich nur auf deine Existenz. Du lebst nur, um zu essen, vielleicht Nachkommen hervorzubringen und mit Bestimmtheit zu sterben."

„Das ist doch längst nicht alles, Philomena! Ich kann kreativ sein, Sachen erschaffen, Neues entdecken, Gedanken hervorbringen!"

Philomena blieb gelassen. „All das ist erstrebenswert. Doch bist du damit nicht dauerhaft frei. Du versuchst nur, deiner Existenz einen zeitweiligen Zweck zu geben, der aber an den Kern deines Daseins, an die Frage, warum und wofür du geboren wurdest, nicht herankommt."

Er deutete mit seiner Hand über die Gräber.

„Du meinst, weil wir nicht nur dem Alltag der Daseinszwänge unterworfen sein wollen, suchen wir im Leben eine tiefere Bestimmung?"

Sie nickte vielsagend.

„Ja, denn wenn du ihn gefunden hast, befreit er dich vom Zwang eines Daseins, dem du ohnmächtig unterworfen bist. Eine Existenz vergleichbar, als wenn du in einen Zug mit unbekanntem Ziel gesetzt wurdest und mitreisen musst. Du lernst auf der Fahrt eine Menge Dinge und Menschen kennen, erfährst jedoch auch, dass sie eines Tages für dich zu Ende sein wird. So wie du ungefragt in den Zug gesetzt wurdest, musst du eines Tages, ob du willst oder nicht, wieder aussteigen. Du kehrst zurück in das namenlose Etwas, aus dem du gekommen warst, bevor du auf die Welt kamst. Für andere, die mit dir in diesem Zug fahren, geht die Reise weiter, bis auch sie eines Tages aussteigen müssen …"

Sie sah ihn voller Zuversicht an.

„… so findet doch niemand einen Sinn im Leben, oder?"

Ihm wurde es bei ihrer Schilderung unbehaglich. „Okay Philomena. Halten wir deinen Gedanken soweit fest: Demnach besteht der Sinn des Lebens darin, dass man versucht, sich aus den Zwängen einer Existenz zu befreien, der wir ohnmächtig unterworfen sind."

Ihre Augen glänzten. „Ja! Damit gibt es ihn doch bereits, Jakob! Sonst suchten ihn nicht so viele Menschen."

Er lachte. „Aber wer sagt uns, ob dieses Bestreben nicht bloß die Illusion von Freiheit oder der Wunsch nach derselben ist?"

Sie setzten gedankenversunken ihren Weg fort.

Nach einer Weile sprach Philomena: „Ob es eine Illusion ist, wissen wir nicht. Doch die Menschen sehnen sich im Grunde ihres Herzens danach, von den Zwängen des Daseins befreit zu sein. Nur jene, die sich mit einer abhängigen Existenz im Konsum begnügen, werden den für sie unbequemen Wunsch nach Selbsterkennung unterdrücken."

Jakob lachte spöttisch. „So weit so gut, Philomena. Doch selbst wenn du dem Wunsch nach Freiheit folgst, bringt er dich noch nicht zur Antwort auf die Frage, was der Sinn des Lebens ist."

„Da hast du vollkommen recht!", erwiderte sie. „Doch gibt er dir das Gefühl, auf dem richtigen Weg zu sein. Du brauchst nur einen Sinn für dich zu suchen und das strebst du an, weil du frei sein willst. Ob du ihn findest oder nicht, hängt mehr davon ab, was dir bei deiner Suche begegnet."

Jakob wusste nicht, ob er sie richtig verstanden hatte.

„Also du meinst, der tiefere Sinn des Lebens besteht bereits darin, nach ihm zu suchen!"

„Ja, das glaube ich. Denn wenn du suchst, bist du von dem Wunsch beseelt zu finden. Das ist das Verlangen nach Erlösung aus der Gefangenschaft in der rein materiellen Existenz."

Er schüttelte den Kopf.

„Ehrlich gesagt, Philomena, das ist mir zu schräg. Was bringt uns das außer endlosen Grübeleien?"

Philomena fasste seine Hand.

„Suchen bedeutet nicht unbedingt Grübeln", sagte sie. „Wenn du dich in einer Gegend verlaufen hättest und wüsstest nicht den Weg zurück. Würdest du nicht trotzdem danach suchen, oder bliebst du an dem Ort, an den es dich zufällig verschlagen hat?"

„Was soll diese Frage? Ich würde den Weg zurück suchen!"

„Und warum?"

Jakob nervte ihre naive Fragerei. Trotzdem ließ er sich darauf ein und antwortete ungehalten: „Weil ich ein Mensch bin und kein dummes Schaf, dass man auf eine Weide stellt und das sich darin begnügt, zu grasen, wo es sich zufällig befindet. Weil mir bewusst ist, dass ich mich verlaufen habe und meinen Weg zurückfinden will."

„Eben! Demnach besteht der Sinn des Lebens darin, danach zu suchen, unabhängig davon, ob ich ihn dabei finde oder nicht."

Er schüttelte den Kopf.

„Wenn du es so sehen willst, Philomena. Doch es gibt einige, die überzeugt sind, den einzig richtigen Weg gefunden zu haben. Sie wollen zudem, dass die anderen Menschen ihnen auf diesem Weg folgen. Das ist auch keine Suche!"

Sie nickte. „Das sehe ich genauso, Jakob. Wer dem nachkommt, gibt die Freiheit auf, seinen eigenen Weg zu suchen, und richtet sich nach einem Guru. Nur weil er es aufgegeben hat, seine persönliche Wahrheit zu finden."

Jakob musste lachen. Ihm war, als drehte sich ihr Gespräch im Kreis. „Damit wären wir wieder wie die Schafe, die dem Herdentrieb folgen und nicht ihrem eigenen Willen!"

Ihre Augen blitzten schelmisch.

„Deshalb sagte ich es doch Jakob: Der Sinn des Lebens besteht für jeden darin, nach ihm zu suchen."

Irgendwo auf ihrem Weg musste ihm der Gesprächsfaden entglitten sein, dachte Jakob. Doch wollte er ihr nicht das letzte Wort lassen.

„Wenn diese Suche zu einem Ergebnis kommt, dann vielleicht." Er fuhr sich mit der Hand über sein Gesicht.

„Wie es auch immer sein mag. Wenn es jeder schafft, danach zu leben Philomena, könnten die Menschen bestimmt mehr Frieden finden."

Philomena lächelte und in diesem Augenblick war es ihm Antwort genug.

Wir und das alte Rom

„Jakob, der Untergang dieser Gesellschaft ist vorbestimmt." Philomena deutete auf eine Gruppe von Gästen, die plaudernd vor ihrem *Latte macchiato* in einem Café unweit vom Kollwitzplatz saßen.

„Wie kommst du jetzt auf so etwas!?"

Sie setzten sich an einen der Tische, die vor dem Café auf dem Bürgersteig standen.

„Sieh dir diese Menschen an. Um die dreißig bis vierzig, gefangen in der Schere zwischen Beruf, Familie und den stetig steigenden Lebenshaltungskosten. Der Wunsch nach Kindern wird zwangsläufig immer weiter in die Ferne verschoben."

„Ja, aber das hat doch Gründe!", empörte er sich. „Wer kann es sich heutzutage noch leisten, Kinder in die Welt zu setzen?"

Philomena sagte ungerührt: „Zum Beispiel die Einwanderer, Jakob. Die kümmert das nicht. Im Gegenteil, für sie sind ihre Nachkommen eine Rückversicherung, denn der Staat gibt ihnen zusätzliches Geld, je mehr Kinder sie bekommen."

„Quatsch", widersprach er. „Das steht allen anderen, die hier leben, genauso zu!"

„Schon, aber die meisten von denen gehen diesen Weg eben nicht!"

„Und warum?"

„Weil ihre Bedürfnisse nach einem selbstbestimmten Leben, einer schicken Wohnung, kultureller und sportlicher Erfüllung, einem angesehenen Beruf, sowie die Lust auf Reisen und Zerstreuung, ihnen kaum Raum für Kinder und Familie lassen!"

Jakob winkte ab. „Aber das trifft doch auf die Einwanderer genauso zu, Philomena!"

„Eben nicht, Jakob. Für die meisten ist es schon ein Gewinn, dass der Staat sie mit Geld unterstützt. Selbst wenn sie nicht arbeiten, nichts gelernt haben und nicht die Absicht haben, sich in die hiesige Gesellschaft einzubringen."

Jakob tippte sich an die Stirn. „Das ist doch wieder nur ein riesiges Vorurteil, Philomena!"

„Generell gesehen schon. Ich sage ja nicht, dass es auf alle zutrifft, aber auf viele, die in den letzten Jahren hierhergekommen sind!"

„Aha!", rief er. „Und woran soll das deiner Meinung nach liegen?"

„Das hängt mit ihrer Herkunft zusammen, der Religion und den Familienstrukturen. Vor allem aber mit den Möglichkeiten, die unser Staat ihnen eröffnet."

Jakob schlug die Beine übereinander und wippte mit seinem Fuß. „Erklär mal genauer, was du damit meinst!"

„Fangen wir mit der Herkunft an. Die meisten Migranten stammen aus Ländern mit hoher Arbeitslosigkeit und wenig Aufstiegschancen. Wenn sie dort keine Arbeit haben, sind sie gezwungen, sich alleine durchzuschlagen, denn ihr Staat gibt ihnen nichts."

„Aber Philomena, genau aus diesem Grund flüchten sie aus diesen Ländern. Auf der Suche nach einem besseren Leben. Das würde ich auch tun, wenn ich in deren Lage wäre!", entgegnete er.

„Richtig. Bei uns erwartet sie das genaue Gegenteil. Sie müssen sich um ihren Lebensunterhalt nicht sorgen, sofern sie bescheiden sind. Und Genügsamkeit

lernt man, wenn man in solchen Herkunftsländern auf-
wächst ..."

Jemand kam an ihren Tisch und fragte nach dem
Aschenbecher der dort unbenutzt stand.

„... daher bedeutet es für diese Einwanderer immer
ein Gewinn hier zu sein. Es ist nebensächlich, unter
welchen Umständen sie leben, sofern sie sich nicht um
ihre Existenz und die Sozialleistungen sorgen müssen."

„Das ist notwendig, damit sie hier erst einmal Fuß
fassen können. Später werden sie schon das Bedürfnis
haben, sich hier mit ihrer Arbeit einzubringen."

Er fügte hinzu: „Und was ist mit der Religion?"

„Wenn sie aus dem islamischen Kulturkreis kommen, ist die Sache klar. Da genügt es, wenn du nach
dem Glauben lebst. Jeder Schritt im Leben ist damit
vorgeschrieben. Du brauchst nicht darüber nachdenken, solange du die Richtlinien des Glaubens befolgst.
Alles andere wie Bildung und Integration in die hiesige
Gesellschaft ist dem gegenüber zweitrangig!"

Jakob schüttelte den Kopf. „Philomena, auf tiefgläu-
bige Menschen kann das vielleicht zutreffen, aber auf
alle anderen? Unsere Gesellschaft bietet außerhalb der
Religion vieles, in das es sich einzubringen lohnt!"

„Aus unserer Sicht schon! Aber viele Einwanderer
sind fromm, weil sie außer ihrer Religion und Kultur
nichts finden, was hier für ihr Leben sinnstiftend ist!",
beharrte Philomena.

„Das bezweifle ich. Wenn sie sich integriert haben,
werden sie merken, dass es mehr gibt als nur die Religion."

„Denkst du!"

„Kommen wir zum letzten Punkt, Philomena. Was meinst du mit den Familienstrukturen?"

„Die meisten von ihnen stammen aus Großfamilien, wo es klar ist, welche Rolle jedem Familienmitglied zukommt."

„Viele kommen aber allein", warf Jakob ein.

„Wenn dem so ist, bemüht sich der deutsche Staat um Familiennachzug. Die Position, die Frauen, Männern, Jungen und Mädchen in solchen Familien zusteht, ist festgelegt."

Philomena zeichnete mit ihrer Fingerspitze kleine Kreise auf den Tisch. „Da gibt es keine Zweifel oder Diskussionen. Abweichlern drohen Sanktionen, wie du im Extremfall von Ehrenmorden weißt."

Er schüttelte vehement seinen Kopf. „Das sind Einzelfälle! Außerdem, mit derart archaischen Lebensweisen sind solche Einwanderer in der hiesigen Gesellschaft doch die Verlierer! Die meisten unter ihnen werden sich nach unseren Werten orientieren."

Spöttisch erwiderte sie: „Das glaubst du und das behaupten viele bei uns. Aber ich werde dir erklären, dass es genau umgekehrt ist."

Er lehnte in seinen Stuhl zurück. „Na dann erzähl mal!"

„Fangen wir an mit der Herkunft. Sofern es sich nicht um chronische Sozialfälle handelt, liegt den meisten Deutschen daran, einen Beruf zu erlernen. Möglichst einen, mit dem man angesehen ist und genug verdient, um sich ein angenehmes Leben zu leisten. Dazu braucht man pro Familie mehr Geld als Einwanderer benötigen, die sich mit der Grundversorgung durch den Staat begnügen."

„Eben! Und damit haben die hier Geborenen doch bessere Aufstiegschancen in der Gesellschaft. Glaub bloß nicht, dass die Zuwanderer das nicht bemerken, Philomena."

Aus dem Augenwinkel schielte er nach dem Kellner, der, ohne sie zu beachten, schon zum zweiten Mal an ihrem Tisch vorbeihuschte. Philomena hielt Jakob davon ab, nach ihm zu rufen.

„Was Schule und Berufsausbildung betrifft schon, aber mit steigendem Lebensstandard erhöhen sich die Ansprüche. Durchschnittliche Deutsche lehnen es ab, in Verhältnissen zu wohnen, wie Einwanderer, die Sozialhilfe beziehen. Sie haben daher weitergehende Bedürfnisse und zahlen entsprechend erheblich mehr Miete. Sofern sie die Absicht haben, eine Familie zu gründen, steigen die Kosten für den Lebensunterhalt enorm an."

Jakob lachte.

„Aber gerade in den Migrantenfamilien gibt es oft viele Kinder! Da siehst du es!"

„Ja natürlich Jakob. Doch einem Teil dieser Menschen ist beruflicher Aufstieg und Integration in die hiesige Gesellschaft zweitrangig. Sie wissen, dass ein Existenzminimum durch den Staat gesichert ist, sogar erhöht wird, je kinderreicher die Familie ist."

„Moment, Philomena! Die staatlichen Hilfen wie das Kindergeld stehen allen zu, nicht nur den Migranten!", gab Jakob zu bedenken.

Philomena nickte.

„Schon klar! Aber wenn du ein materiell angenehmes Leben anstrebst und für deine Kinder die gleichen Chancen erhoffst, wie du sie hattest, müssen in einer durchschnittlichen Familie oft beide Elternteile arbeiten."

„Das hängt doch wohl mehr von den jeweiligen Ansprüchen ab!"

Philomena zuckte mit den Schultern. „Oder von den Verpflichtungen, die man hat. Dazu kommt die Mehrfachbelastung. Du brauchst eine Kinderbetreuung, Haushaltshilfe und Geld für Förderunterricht, Reisen und Hobbys."

Auf der Straße ertönte ein wütendes Klingeln. Bremsen quietschen. Ein Radfahrer stand quer zur Fahrbahn und blockierte einem schwarzen SUV den Weg. Ein Wortgefecht entbrannte dicht vor dem Café.

Jakob sprach lauter, um sich Gehör zu verschaffen. „Wenn das für die Eingesessenen so schwer ist, wie bekommen es die Migranten dann besser hin?"

Philomena rückte mit ihrem Stuhl ein Stück näher an ihn heran. „Das will ich dir sagen! Weil sie in den Familien sehr auf Zusammengehörigkeit achten!"

„Woher willst du das wissen?"

„Es ist so. Die Frauen und Töchter kümmern sich meistens um den Haushalt und das Essen. Somit haben die Männer keine Doppelbelastung, wenn sie einer Arbeit nachgehen."

Auf der Straße war es inzwischen ruhiger. Der SUV war fort und der Radfahrer diskutierte mit zwei Passanten.

„Über solche Rollenverteilungen sind wir zum Glück hinaus, Philomena", sagte Jakob.

Sie nickte. „Vieles, was den Deutschen wichtig und teuer ist, hat für die Migranten kaum Bedeutung. Den Urlaub verbringen sie in ihren Herkunftsländern, wo die Verwandten leben und auf den Familienbesuch warten. Förderunterricht streben nur Menschen aus den bildungsorientierten Schichten an. Das sind unter den Einwanderern vergleichsweise wenige. Den anderen reicht oft die Koranschule, um ihre Nachkommen auf den gewünschten Weg zu bringen."

„Aber Philomena. Damit bleiben sie in den traditionellen Verhältnissen hängen und werden in dieser Gesellschaft abgehängt."

Sie lächelte kaum merklich. „Im Gegenteil Jakob! Die Migrantenfamilie kann sich besser als die deutsche auf ihren sozialen Zusammenhalt konzentrieren. Durch die traditionellen Rollen der Geschlechter gibt es weniger Konflikte in den Einwandererfamilien. Die meisten Mitglieder akzeptieren ihren Status und lehnen sich nur selten dagegen auf."

„Aber warum sollten die Einheimischen denn am Ende schlechter dastehen? Die verdienen doch meistens mehr Geld und werden nicht wegen ihrer Herkunft diskriminiert. Das Gegenteil ist der Fall!"

„Denkst du", erwiderte sie.

„Bei den Biodeutschen sind wegen der finanziellen Belastungen und Ansprüche viele Konflikte vorprogrammiert. Jede zweite Ehe in Deutschland wird geschieden. Kinder schafft man sich aus den oben erwähnten Gründen nicht an. Wenn, dann höchstens eins oder zwei."

Für Jakob war es ohnehin eine moralische Frage, ob man in diese Welt noch Kinder hineinsetzen sollte.

„Vielleicht ist es gut, wenn die Bevölkerung nicht immer weiterwächst. Die Umweltprobleme resultieren auch daraus! Unsere Ressourcen sind begrenzt."

„Ich denke, darüber macht sich der durchschnittliche Deutsche mehr Gedanken als viele der Migranten, die zu uns kommen", sagte Philomena lächelnd.

Auch Jakob hatte den Eindruck, dass gesellschaftliche Probleme wie der Klimawandel und die geschlechtliche Selbstbestimmung für die hier lebenden Migranten einen geringeren Stellenwert besaßen als für die Deutschen. Allerdings hatte er das immer auf die mangelnden Sprachkenntnisse und das Desinteresse der Einheimischen für die Zuwanderer zurückgeführt.

„Mit deinen Ansichten - wie stellst du dir denn die künftige Entwicklung hier vor?", fragte er.

„Auf längere Sicht entwickeln sich die Einwanderer zur Mehrheitsgesellschaft, denn sie sind im Durchschnitt jünger und haben mehr Kinder als die Deutschen. Sie werden daher mehr politische Rechte einfordern mit dem Ergebnis, dass die Gesellschaft sich so verändert, dass die Deutschen sich darin integrieren müssen. Ob es ihnen gefällt oder nicht!"

„Aber wenn dem so wäre, wie du es darstellst, Philomena. Warum wehren sich die Einheimischen nicht dagegen?"

Philomena sagte ungerührt. „Weil sie dazu nicht mehr in der Lage sind!"

Er lachte. „Na hör mal!"

„Warte, ich will es dir sagen. Der gesellschaftliche Wandel der Geschlechterbilder verbietet das. Der Zeitgeist verlangt nach dem Schwinden der männlichen Dominanz. In der traditionellen orientalischen Erziehung ist genau umgekehrt."

Sie fügte hinzu: „Das betrifft natürlich auch die Rolle der Mädchen und Frauen."

„Das ist doch bloßer Machokram!" Jakob war empört. „Die moderne Gesellschaft ist für solche mittelalterlichen Geschichten zu komplex. Das funktioniert doch nicht auf Dauer."

„Die Frage ist nur, wer sich am Ende durchsetzt. Einer, der sich immer zurücknimmt, wird sich eher dem Dominanten anpassen als umgekehrt! Und so manche werden sich wundern, wie den einheimischen Mädchen der orientalische Macho gefällt!"

Jakob kreuzte die Arme vor seiner Brust und lehnte sich zurück. „Du erzählst einen riesigen Quatsch, Philomena. Ich kann mir nicht vorstellen, dass sich ein so hoch entwickeltes Land wie unseres freiwillig zurück ins Faustrecht begibt!"

„Faustrecht wird es nicht sein", sagte sie und sah ihn an. „Aber eine andere Rechtsvorstellung als die hiesige."

„Das wäre gegen unsere Verfassung", erwiderte er.

„Die wird sich auch ändern müssen."

Philomena sah ihn ernst an.

„Weißt du, die heutige Mehrheitsgesellschaft ist von riesigen Zweifeln besessen, was ihre Identität ist. Mit ihrer ursprünglichen Kultur, Tradition und den Eigenheiten, die im Übrigen jedes Volk besitzt, wollen viele Leute hierzulande nichts mehr zu tun haben."

„Ja und was weiter?", fragte er gereizt.

„Da sie aber auch nicht genau wissen, was ihr Neues Ich ausmacht, entsteht bei ihnen eine innere Unsicherheit. Aus dieser entwickeln sich Zweifel an dem, was unsere Gesellschaft kennzeichnet. Diese erstrecken sich auf die Sprache, die Kultur bis hin zur Geschlechtszugehörigkeit. Zusammengefasst wird bei den meisten in ihren Vorstellungen über ihre Identität mehr abgerissen, als Neues aufgebaut."

„Aber Philomena. Davon sind doch die Migranten ebenfalls betroffen. Sie geraten doch auch in Zweifel an ihren hergebrachten Vorstellungen, wenn sie sehen, wie unterschiedlich hier jeder leben kann!"

„Glaubst du?" Sie lächelte.

„Du nicht?", fragte Jakob zurück.

„Manche unter ihnen bestimmt, aber die meisten Einwanderer haben keine Zweifel an ihrer Identität. Sie sind sich sicher, wozu sie gehören, über ihre Sprache, Kultur und Geschlechterrollen bis hin zur Religion. Sie bemerken die Selbstzweifel der Deutschen und erkennen darin deren Schwäche. Da vielen Deutschen ein klares Selbstbild von sich und ihrer Welt fehlt, sehen die Migranten nichts Erstrebenswertes, worin es sich zu integrieren lohnt. Sie finden es vielversprechender, ihr eigenes Milieu in das bestehende einzupflanzen und die materiellen Vorteile der hiesigen Gesellschaft zu genießen, ohne sich dafür selbst zu verändern."

„Ich finde, das ist zu pauschal. Schwarz-Weiß-Malerei, Philomena!"

Sie schüttelte ihren Kopf. „Möglich, aber die Natur duldet kein Vakuum und genau das ist es, in dem sich viele Vertreter der sogenannten Mehrheitsgesellschaft hier befinden."

Jakob versteifte sich.

„Ich halte nichts von derartigen, Schlussfolgerungen, Philomena. Aus einem einfachen Grund. Der Staat hat das Geld und die Macht sich solch einer Übernahme entgegenzusetzen."

„Glaubst du das wirklich, Jakob?" Sie lachte.

„Das Römerreich war wirtschaftlich und technisch den einwandernden germanischen Stämmen weit überlegen. Doch war es am Ende geistig nicht mehr in der Lage, sich ihnen zu widersetzen. So ist es auch in unserer Gesellschaft. Vermutlich nicht nur in Deutschland, sondern in vielen Ländern der westlichen Welt!"

Er war fassungslos.

„Wenn du das wirklich glaubst, wie gehst du denn damit um? Erschreckt dich diese Vorstellung nicht?"

„Schwierige Frage! Das ist ein langsamer Prozess. Ich weiß nicht, wie weit ich diesen noch selbst erleben werde. Für dich ist es anders, aber du bist jünger und damit flexibler als ich …"

Sie lächelte und berührte seine Hand leicht mit ihren Fingerspitzen.

„Jeder muss für sich selbst herausfinden, wie er auf Veränderungen in der Gesellschaft reagiert. Es gibt kein Patentrezept für Zeiten des kulturellen und geistigen Umbruchs. Lass dir dein Leben nicht aus der Hand nehmen und bewahre dir deine persönliche Freiheit."

Als der Kellner an ihren Tisch kam, wollten sie gerade aufstehen und gehen. Auf seine Frage nach ihren Wünschen bedeuteten sie ihm, dass es nun zu spät wäre, um noch eine Bestellung aufzugeben.

Deutsch sein

Jakob hatte sich mit Philomena zum Essen in einem Restaurant verabredet, das für seine neapolitanische Pizza bekannt war. Der freundliche Kellner verstand sie nicht so gut und Jakob wiederholte die Bestellung auf Englisch.

Nachdem ihre Getränke auf dem Tisch standen, fragte Philomena: „Sag mal Jakob, wie fühlst du dich eigentlich als Deutscher?"

Jakob schaute verdutzt hoch. Eine solche Frage hatte er von Philomena nicht erwartet.

„Als Deutscher? Ehrlich gesagt, darüber habe ich noch nie richtig nachgedacht."

„Na dann wird es vielleicht mal Zeit?", schlug sie vor.

Jakob lachte.

„Tja, da beschleicht mich eher ein zwiespältiges Gefühl. Was soll ich dazu sagen? Als Deutscher mit unserer Geschichte? Na ja ..."

„Das ist für dich problembelastet, stimmt's?"

„Auf eine Art schon! Obwohl mich das in meinem Alter nicht richtig betrifft."

„Damit ergeht es dir wie so vielen in diesem Land. Sie haben Probleme mit ihrer Herkunft, der Kultur, Sprache, Geschichte und der Lebensweise."

Jakob zuckte mit den Achseln.

„Ich habe viele Kontakte mit Ausländern an der Uni und eigentlich nicht dieses Problem. Aber klar, es gibt solche Leute, die übertrieben gesagt anstatt deutsch, lieber Europäer oder noch besser Weltbürger sein wollen."

„Und warum ist das so, Jakob? Was bewegt diese Menschen?"

Er zuckte mit den Achseln.

„Vielleicht haben manche gewisse Schuldgefühle bis hin zur Angst, von den anderen als Deutsche nicht akzeptiert zu werden."

Philomena nickte.

„Ich kenne auch Leute, die ihre Herkunft ablehnen. Sie wünschen sich, alles zu sein, nur nicht deutsch. Da sie nun einmal durch ihr Schicksal in diesem Land und dessen Kulturkreis geboren und aufgewachsen sind, leben sie in einem Spagat zwischen dem, was sie sind, und dem, was sie sein wollen."

Jakob durchkämmte mit den Fingern seine blonden Haare. „Ja, die haben Probleme mit ihrer Identität."

„Und ob."

Philomena kicherte.

„Weißt du, ich habe Leute erlebt, die sich besorgt fragen, ob man ihnen ihren Akzent anmerkt, wenn sie Englisch sprechen. Die begreifen gar nicht, dass ein Italiener oder Franzose sich darum einen Dreck kümmert. Die gleichen Leute erfinden ein Idiom, das von Spöttern als Denglisch bezeichnet wird, und überziehen unsere Sprache mit Begriffen wie WC-Center, Service-Point, Public Viewing und Fotoshooting."

„Stört dich das so?", fragte Jakob.

Philomena rieb sich die Stirn.

„Solch eine Selbstverleugnung erlebst du nirgendwo anders. Es ist kein Wunder, dass die anderen Nationen diese Deutschen verachten und sie nur dann gerne sehen, wenn sie den Zahlmeister spielen."

„Das kann sein, Philomena. Aber so extrem ist es bei mir nicht. Aber wenn ich so überlege: Was ist eigentlich meine Identität? Bestimmt nicht in erster Linie deutsch, wenn du das damit meinst! Ich glaube, das geht vielen bei uns so."

Er sah sie an. „Was denkst du, woran das liegt?"

Philomena griff nach ihrem Glas und stieß mit Jakob an.

„Deutschland ist als Nationalstaat relativ jung", sagte sie. „Aber das allein kann nicht der Grund sein. Das geeinte Italien entstand nur ein Jahr früher und trotzdem haben die Italiener mit ihrer Identität nicht solche Probleme wie die Deutschen. Wenn man genau nachdenkt, findet sich keine andere Nation außer unserer, die derartige Identitätsprobleme hat!"

Sie fuhr sich mit der Zunge über die Lippen. „Toller Wein, finde ich."

Der Wein und die Musik versetzten Jakob für einen Augenblick gedanklich in den Süden. Doch der Lärm von der nahegelegenen vierspurigen Straße teleportierte ihn zurück nach Berlin.

Er überlegte.

„Ich vermute, das liegt am Krieg, dem Massenmord an den Juden und der ganzen Schuld, die Deutschland damit auf sich geladen hat."

„Klar", sagte Philomena. „Das sind gewichtige Gründe, aber Italien und Japan haben ja mit Deutschland im Zweiten Weltkrieg zusammen gekämpft. Trotzdem haben weder die Italiener noch die Japaner dieses Problem."

„Bestimmt, weil sie nicht aktiv an der Vernichtung der Juden beteiligt waren!", gab er zu bedenken.

„Aber das erklärt nicht alles, Jakob. Auch von Italien und Japan wurden Kriegsverbrechen und Völkermord begangen. Genauso von den alliierten Großmächten Russland, China und USA. Denk an die stalinistischen Gulags, die maoistischen Säuberungen und die Atombombenabwürfe auf Hiroshima und Nagasaki."

Jakob kratzte sich am Kopf. „Was ist es also dann Philomena? Denkst du, es hat mit den Menschen hier zu tun?"

„Vermutlich. Da sich viele unter uns nicht mehr mit ihrer Herkunft und Kultur identifizieren wollen, sind sie zwangsläufig mit sich unzufrieden. Das heißt, sie sind sich selbst eine ständige Herausforderung."

„Aber Philomena, das muss nicht notgedrungen negativ sein. Es kann dazu beitragen, sich zu hinterfragen, um sich zu verbessern!"

„Das stimmt, aber oft ist es genau umgekehrt. Wer unzufrieden ist, hat oft ein Problem, seine Mitmenschen zu akzeptieren. Vor allem dann, wenn diese mit sich zufrieden erscheinen!"

„Ist das nicht nur Neid?"

Sie wurden unterbrochen, als die Kellnerin mit zwei großen Tellern an ihrem Tisch erschien. Nach dem ersten Bissen strahlte Philomena. „Ein guter Tipp diese Pizzeria! Ich bin begeistert!"

„Freut mich, dass es dir hier gefällt."

Sie sah ihn an. „Aber Jakob, du sprachst gerade von Neid. Der spielt schon eine Rolle, aber nicht nur. Wer sich selbst hasst, möchte sich ändern!"

„Aber daran ist ja nichts auszusetzen! Das ist doch positiv."

Philomena wischte sich ihre Lippen ab.

„Nur beschränkt sich das mit dem ändern wollen nicht auf die mit sich Unzufriedenen allein, Jakob. Viele von denen sind der Meinung, dass ihre Mitmenschen es ihnen gleichtun sollten."

„Vermutlich, weil sie sich damit in ihrer Ansicht bestätigt fühlen", sagte Jakob, der seine Pizza in mundgerechte Stücke zerschnitt.

„Vermutlich, Jakob. Wenn die eigene Einstellung von vielen anderen geteilt wird, traut man sich eher, sie offensiv zu vertreten! Selbst wenn es eine moralisch fragwürdige Haltung ist."

Jakob wollte sich gerade ein Stück Pizza in den Mund stecken. Er hielt inne und sagte: „Du meinst, das ist mehr aus Schwäche, denn aus ehrlicher Überzeugung?"

Philomena nickte mehrmals. „Dazu kommt dieses Besserwisserische. Der Schulmeister, der in vielen Menschen steckt."

Jakob verschluckte sich und hob sein Glas.

„Auf dein und aller Wohl", prostete Philomena ihm zu.

„Manche riskieren sogar Streit, wenn sie sich im Recht fühlen", krächzte Jakob und hustete prompt.

Philomena klopfte ihm kräftig auf den Rücken. „Glaub ich dir! Man möchte Abweichler bestraft sehen, um sich in seinem Kleinmut bestätigt zu fühlen. Daher gibt es auch so viele Denunzianten!"

„Danke", sagte er und putzte sich die Nase.

„Übrigens Philomena, gestern erzählte mir eine Verkäuferin, sie hätte mehr Angst vor den Kunden als vor dem Ordnungsamt, wenn ihr die Maske mal von der Nase rutscht."

Philomena verzog ihr Gesicht. „Jakob, noch bedenklicher finde ich, dass der Staat die Menschen zur Denunziation einlädt. Es gibt eine Telefonnummer, unter der man dem Verfassungsschutz anonym Leute melden kann, die man für Rechtsextreme hält."

Jakob nickte bestätigend. „Ich weiß. Das dient sicherlich dazu, Anschläge von Extremisten zu verhindern. Vergiss nicht, es gab Terroranschläge von Rechtsextremisten, wobei auch Menschen zu Tode gekommen sind."

„Eine Nummer für Linksextremisten gibt es aber auf dieser Seite nicht!", beharrte Philomena.

„Offenbar schätzt man die als weniger gefährlich ein!", gab er zurück.

Sie lachte. „Nun, wenn ich an die Angriffe auf Polizisten und politische Gegner denke?"

Für einen Moment schwiegen beide.

„Aber Jakob", sagte Philomena dann. „Du sprichst an, was ich meine. Es geht in erster Linie mehr darum, eine bestimmte Haltung zu zeigen. Gegenwärtig zeigt man diese gegen alles, was als rechts verortet wird. Wenn sich die politische Linie ändert, werden die gleichen Denunzianten fleißig Linke melden."

Jakob grinste. „Manch einem traue ich auch das zu! Das sind Leute, die immer mit der Staatsgewalt konform gehen wollen. Vermutlich haben sie Angst, sonst selbst einmal ins Visier der Behörden zu gelangen."

„Genau und wer annahm, solche Dinge gab es nur unter den Nazis, hat sich geirrt. Ist jemand zum Abschuss freigegeben, rufen die Leute anonym an, um ihn zu denunzieren. Du siehst, wie jetzt gerade die

Ungeimpften als Treiber der Pandemie diffamiert werden."

Philomena hieb spielerisch mit der Faust in die Luft. „Und wenn der Staat zum Handeln aufruft, schlägt auch der loyale Bürger gerne einmal zu."

Jakob griff nach einer Serviette und wischte sich den Mund ab. „Du meinst so ähnlich, wie es in der Nazizeit ablief? Ich verstehe nicht, warum sich Menschen so niederträchtig verhalten können."

Philomenas Blick glitt über ihr leeres Weinglas. Sie wird sich gleich ein zweites bestellen, dachte er.

„Manche sind einfach Duckmäuser", sagte sie bekümmert. „Sie halten es nicht aus, wenn einer sich anders verhält, als es der Zeitgeist gerade verlangt. So einen wollen sie bestraft sehen!"

Jakob schüttelte den Kopf. „Warum eigentlich? Was kümmert es die Leute, ob jemand anders ist als sie?"

Philomena hob ihr Glas, als der Kellner gerade zu ihnen herübersah. Er nickte und verschwand.

Sie wandte sich wieder an Jakob. „Ich glaube, dahinter steht der Wunsch, sich in seiner Verzagtheit bestätigt zu fühlen. Sie wollen den anderen Scheitern sehen, der es auf seine Art machen will. Scheitern bei seinem Versuch, aus der Mehrheit auszubrechen!"

„Aber das ist doch selbst eine Minderheit, die so handelt!", sagte Jakob.

„Selbst wenn es nur wenige sind, bereiten solche Leute allen anderen große Probleme!"

Philomena zuckte mit den Schultern. „Und damit kommen wir zu einem weiteren typisch deutschen Wesenszug, Jakob. Man möchte um keinen Preis auffallen.

Nicht als jemand wahrgenommen werden, der gegen den Strom schwimmt."

Er grinste. „Aber du meinst, die Richtung des Stroms kann sich auch ändern!"

Der Kellner kam und brachte ihr ein neues Glas Rotwein. Er sah Jakob fragend an, doch der schüttelte den Kopf.

Philomena seufzte. „Im Grunde genommen ist es leicht, in diesem Land eine Diktatur zu errichten."

„Warum?"

„Weil zu viele Menschen um jeden Preis mit dem Staat konform gehen wollen."

„Ach was, Philomena. Du unterschätzt wie viele Leute gegen ungerechtfertigte Eingriffe in unsere Freiheitsrechte sind. Ich kenne einige, die keine Lust haben, sich Dinge vorschreiben zu lassen, in denen sie keinen Sinn sehen. Ein Stück hat die Demokratie die Menschen doch geprägt."

„Klar gibt es Menschen, die sich um unsere Bürgerrechte und die Demokratie sorgen. Doch oft genug werden sie von den Medien und der Regierung als Spinner verteufelt und man ruft lieber nach schärferen Gesetzen, um die Menschen zu gängeln."

„Mit einem hast du recht, Philomena. Es ist viel bequemer, etwas zu verbieten, wenn man zu einfallslos ist, um nach intelligenteren Lösungen zu suchen!"

Sie prostete ihm zu. „Zu viele unter uns akzeptieren jede Maßnahme, wenn diese von oben vorgeschrieben ist. Wenn der Staat behauptet, das Klima zu retten, so aberwitzig das auch sein mag, protestiert man nicht gegen die damit verbundenen Steuern und Abgaben. Nachbarländer, die gewisse Dinge anders sehen, will man unbedingt auf die eigene Linie bringen. Zum Beispiel was die Aufnahme von Migranten betrifft."

Jakob legte sein Besteck auf den Teller, auf dem noch ein Stück von seiner Pizza übriggeblieben war.

„Apropos Migranten Philomena. Ich glaube, die haben nicht diese Charakterzüge, von denen du die ganze Zeit sprichst. Vielleicht ändert sich unsere Gesellschaft dadurch zum Positiven."

Zu seinem Erstaunen stimmte Philomena ihm zu. „Ändern wird die sich dadurch bestimmt! Viele der Einwanderer ducken sich nicht weg, wenn ihnen mit dem Ordnungsamt gedroht wird. Sie sind in ihrer Gruppe weit selbstbewusster als die Leute hierzulande. Ihr Familienzusammenhang ist ausgeprägter, als der von ängstlichen Individuen, die versteckt hinter ihrer Gardine beobachten, ob sich da einer nicht konform verhält."

„Die Migranten kommen aus verschiedenen Gesellschaftssystemen, Philomena. Das braucht eine Zeit, bis sie verstehen, dass hier vieles anders läuft."

Philomena schüttelte den Kopf. „Was mich stört, ist nicht das, sondern diese ritualhafte Empörung, diese gespielte Fassungslosigkeit in der Politik und den Medien, wenn Migranten sich nicht an Regeln halten, die für alle hier im Land gelten sollten. Dabei bleibt es dann auch meistens."

„Weil viele der Migranten traumatisiert sind", warf Jakob ein.

„Nicht deswegen, sondern weil es nicht ins politische Bild passt, was die Eingesessenen von den Migranten haben sollen, Jakob. Die staatsgläubigen Bürger erwarten, dass sich alle an die ihnen gesetzten

Regeln halten. Aber das kann der Staat nur gegenüber Leuten durchsetzen, die gewohnt sind, sich unterzuordnen. Und diese Bürger kuschen auch, wenn ihnen eine selbstbewusste, fordernd auftretende Gruppe gegenübersteht."

Er schüttelte den Kopf.

„Na, du hast gut reden, Philomena!" „Ich möchte dich mal sehen! Als Einzelne wirst du dich gegenüber einer Gruppe schön zurückhalten!"

Philomena stellte ihr Glas so heftig auf den Tisch, dass ein paar Tropfen überschwappten.

„Das ist mir klar, aber das Unerträgliche dabei ist die politisch korrekte Heuchelei. Man gibt sich nachsichtig, weil die Migranten traumatisiert sind und von dieser Gesellschaft ausgegrenzt werden. Hinter solchem Gerede versteckt sich oft nur Angst."

Jakob schüttelte den Kopf und sah Philomena an. Er fand, dass sie müde aussah.

„Nicht immer, Philomena! Vielen Menschen bei uns ist bewusst, dass die Leute in ihrem Heimatland und auf der Flucht schreckliche Erfahrungen gemacht haben."

„Jakob, natürlich spielt das eine Rolle. Aber das offizielle Gerede ist oft nur pure Heuchelei. Ausnahmen bestätigen die Regel."

„Ich glaube schon, dass das meistens ernst gemeint ist, Philomena."

„Mag sein", brummte sie. „Aber was würde passieren, sollte der Staat seine Linie eines Tages ändern? Wenn er nicht mehr von traumatisierten Menschen, sondern von Gesetzesbrechern spricht. Was würde in diesem Fall geschehen?"

Sie sah ihn durchdringend an.

Jakob zuckte mit den Schultern. „Warum sollte der Staat das tun? Das ist doch eine hypothetische Frage!"

„Zurzeit schon. Aber ich vermute, dann würden die vorher mit Nachsicht bedachten Migranten den Hass derjenigen abbekommen, die sich schon immer an die Staatsräson gehalten haben. Denk daran, was nach der Machtergreifung der Nazis geschah!"

Er tippte sich an die Stirn. „Da übertreibst du völlig, Philomena! So wie du redest, sind die Deutschen von heute ihren Vorfahren viel ähnlicher, als sie es sein wollen!"

„Das ist ja das Paradoxe", sagte sie. „Statt der militärischen wird heute die moralische Keule ausgepackt und damit ebenso kräftig auf Andersdenkende zugehauen."

Sie seufzte.

„So ist es leider Jakob, und das ist bedauerlich. Denn viele unter uns haben Charakterzüge, um die man uns in der Welt beneidet."

„Vielleicht ist das aber auch ein Teil des Problems, Philomena."

Er lachte. „Aber im Unterschied zu dir bin ich optimistisch, dass sich vieles in Zukunft bessern wird!"

„Wir können es uns nur wünschen" sagte sie.

„Doch dazu gehört, dass die Menschen ihr Leben mehr selbst bestimmen wollen und nicht nur immer danach schielen, was man von ihnen erwartet!"

Krankheit

Jakob putzte sich gerade die Nase, als Philomena im Café Krümelbiss auftauchte.

Sie bemerkte sein gerötetes Gesicht. „Du schniefst ja so, Jakob! Bist du erkältet?"

Er nickte. „Ja, ich glaube schon. Normalerweise mache ich mir über so was keinen Kopf, aber heutzutage denkt man ja gleich an Coronaviren."

Philomena lachte. „Na klar, das ist bei den täglichen Meldungen über das allgegenwärtige Virus auch kein Wunder."

Jakob sah sie besorgt an.

„Ehrlich gesagt, Philomena. Ich mache mir keine großen Sorgen um mich. Aber du bist schon älter und könntest viel ernsthafter betroffen sein, wenn ich dich anstecke."

Sie setzte sich zu ihm. „Könnte, würde, hätte, sollte! So simpel ist es mit Infektionen nicht, wie manche sich das vorstellen."

„Wie ist es denn sonst?", fragte Jakob neugierig.

„Viele sehen das zu einseitig. Der Mensch wird angegriffen, das Virus ist der Angreifer. Es entwickelt sich ein Kampf und der Stärkere gewinnt."

Jakob fühlte sich bestätigt. „Aber so läuft es doch. Man spricht vom Krieg gegen Infektionskrankheiten. In letzter Konsequenz geht es darum, die Krankheitserreger auszurotten."

Philomena nickte.

„So sagt man, aber in Wirklichkeit ist das alles wesentlich komplexer. Hast du dich denn nie gefragt, warum bei einer Epidemie manche Menschen verschont bleiben und andere sterben? Das war selbst bei der Pest so, obwohl die weitaus gefährlicher und tödlicher ist als Covid-19."

„Das liegt an den Menschen", stellte Jakob fest. „Manche sind eben kräftiger, andere schwächer!"

„Soweit schon klar!", sagte sie.

Die Kellnerin kam und brachte Jakob ein Glas Pfefferminztee. Sie sah Philomena fragend an.

„Für mich lieber einen Kaffee!" sagte Philomena und wandte sich wieder an Jakob.

„Aber mit den Unterschieden, wie erklärst du dir das?"

Er zuckte mit den Schultern.

„Das hängt mit dem Immunsystem zusammen. Es ist ungleich stark ausgeprägt bei den einzelnen Menschen!"

Philomena legte ihre Handtasche auf den Tisch.

„Richtig, aber mit noch viel mehr. Zum Beispiel mit ihrem körperlichen und seelischen Zustand. Nicht zuletzt mit der Angst zu erkranken, beziehungsweise mit der Überzeugung davor geschützt zu sein."

Jakob runzelte die Stirn. „Wie soll das denn gehen? Ich rede mir was ein und bin damit immun gegen das Virus?"

Er hustete und trank von seinem Tee. „Du bist doch Wissenschaftlerin, Philomena. So etwas ist doch Hokuspokus!"

„Eben nicht", sagte Philomena bestimmt.

„Deine Gedanken und deine geistige Einstellung spielen eine wichtige Rolle, wie du mit Einflüssen von außen umgehst. Und dazu gehören auch Infektionserreger."

124

Jakob schniefte. „Erklär mir das mal genauer! Ich habe auch keine Lust, erkältet zu sein, aber trotz dieser Gedanken geht die Erkältung nicht weg!"

Philomena griff in ihre Jackentasche und reichte ihm ein Taschentuch.

„Jakob, wenn dir jemand erzählt, die Welt geht in zwölf Jahren unter, dann kannst du das glauben oder nicht."

Er sah sie achselzuckend an. „Ja und? Was hat das mit meiner Frage zu tun?"

„Eine ganze Menge. Wenn du diese Prophezeiung für richtig hältst, wird dein Leben zukünftig von Furcht und somit auch einer stärkeren Neigung zu erkranken, geprägt sein. Glaubst du es nicht, dann hat dieser Gedanke keinen Einfluss auf deinen Alltag und du lebst weiter wie bisher."

„Okay. Soweit leuchtet mir das ein", sagte er.

Inzwischen stand Philomenas Kaffee auf dem Tisch. Sie nahm Milch und Zucker.

„Wenn dir ein Arzt sagt, dieses Medikament hilft sicher gegen deine Krankheit, wirst du bessere Heilungschancen haben."

Sie probierte ihren Kaffee und fügte hinzu: „Und das sogar, wenn es sich im Nachhinein herausstellt, dass es ein Placebo war!"

Jakob hustete erneut.

„Stimmt! Der Placeboeffekt ist bewiesen, obwohl man doch nicht genau weiß, wie er eigentlich funktioniert."

Philomena lachte und schüttelte den Kopf. „Man weiß es schon. Es ist die Überzeugung, die geistige Einstellung, die bewirkt, dass es hilft!"

„Was soll es denn sonst sein?"

„Im Moment fällt mir auch nichts Besseres ein", erwiderte Jakob.

„Weniger bekannt ist der Noceboeffekt", sagte Philomena und malte mit ihrem Finger ein Fragezeichen auf den Tisch. „Nimm an, dein Arzt sagt, gegen deine Krankheit gibt es keine Hilfe und die Chance daran zu sterben, ist groß. Dann ist es möglich, dass sie bei dir auch schwerer verläuft."

„Hör mal", gab er zurück. „Das ist ja auch kein Zuspruch, den man als Patient braucht! Nennt man das nicht eine selbsterfüllende Prophezeiung?"

„Ich denke schon. Und was passiert bei uns seit bald zwei Jahren mit Corona?"

„Mein Test war übrigens negativ", sagte Jakob schnell.

„Großartig", erwiderte sie. „Aber darum geht es mir jetzt nicht."

„Worum denn?"

„Ich sage es dir. Die Menschen werden in die Angst getrieben. Es wird ihnen gesagt, dass dieses Virus potenziell tödlich ist, Langzeitfolgen hat und das es ohne die Impfung keine Hilfe dagegen gibt."

Sie sah ihn an. „Und was geschieht mit Leuten, die so einer Aussage blind vertrauen?"

„Na, die bekommen tierische Angst", erwiderte Jakob.

Philomenas Finger ballten sich zur Faust. „Und werden umso mehr von Depressionen, Herz- und Magenproblemen und allen möglichen Beschwerden heimgesucht. Das sind ernsthafte Krankheiten, die auch durch Sorgen und Ängste hervorgerufen werden. Manche Leute trauen sich nicht einmal, ärztliche Hilfe zu suchen, aus Furcht, sich in der Arztpraxis anzustecken!"

Jakob hustete erneut.

„Davon habe ich auch schon gehört, Philomena. Aber das Virus ist nun einmal da und man kann daran erkranken. Genau wie an einer Grippe, wenn die wieder mal grassiert."

Sie nickte. „Richtig. Und das kann prinzipiell jedem überall passieren. Aber möchtest du dein Leben zukünftig in Furcht verbringen, nur weil du annimmst, deine Mitmenschen infizieren dich mit Viren?"

Er lachte. „Nein, ich bin da zuversichtlich. Ich bin jung und kräftig."

„Aber das bleibt nicht ewig so und es täte uns allen gut, darüber nachzudenken, dass wir sterblich sind. Auch wenn wir uns bemühen, die Infektionskrankheiten auszurotten und den Krebs zu besiegen, es wird immer eine Ursache geben, die uns eines Tages ums Leben bringt."

Jakob richtete sich in seinem Stuhl auf. „Klar, aber der Kampf gegen Krankheitserreger ist trotzdem sinnvoll. Was du da sagst, klingt, als hättest du da schon resigniert."

Sie schüttelte den Kopf. „Ganz und gar nicht. Das Dasein ist naturgemäß lebensgefährlich und wenn wir uns aus Angst vor dem Tod um unser Leben betrügen, ist uns auch nicht geholfen, oder? Mit dem Moment, in dem wir durch die Geburt auf die Welt geworfen werden, steht fest, dass wir sie eines Tages wieder verlassen müssen."

Nach einem Moment fügte sie hinzu: „Denn alles, selbst das Universum, ist vergänglich."

Sie blickte ihn in die Augen. „Oder kennst du etwas Materielles, das beständig ist?"

Jakobs Blick wanderte zum wolkenverhangenen Himmel. „Mir fällt jetzt nichts ein, aber trotzdem ist es von Nutzen, über Krankheiten zu forschen, um sie zu bekämpfen. Das hat doch eine Menge gebracht. Das durchschnittliche Lebensalter der Menschen ist höher als vor hundert Jahren und das hat viel mit dem Kampf gegen Infektionskrankheiten zu tun."

„Vollkommen richtig!", bestätigte Philomena.

„Nur, wenn wir mit aller Macht versuchen, unsere Umgebung zu desinfizieren, und aus Furcht vor Ansteckung möglichst wenige Kontakte mit anderen Menschen haben, erreichen wir das genaue Gegenteil."

„Und wieso?", fragte er skeptisch.

„Weil der Umgang mit Infektionserregern seit Adam und Eva die Menschheit trainiert hat, ein Immunsystem zu entwickeln und insgesamt stärker zu werden ..."

Sie räusperte sich. „Weißt du, dass Tiere, die in einer keimfreien Umgebung aufwachsen, an den banalsten Infektionen sterben sowie sie in die natürliche Umwelt gelangen?"

Er sah sie erstaunt an.

Das Gleiche gilt auch für uns Menschen", sagte sie nach einem Moment.

„Und wie erklärt die Biologie das, Philomena?", fragte Jakob.

„Weil das Immunsystem in einer Umwelt ohne Mikroorganismen nicht auf eine entsprechende

Antwort darauf trainiert wird. Es hat nicht gelernt, mit Krankheitserregern umzugehen, und die erste Mikrobe, die daherkommt, macht einem den Garaus."

„Das wusste ich nicht!", erwiderte Jakob verblüfft.

Er sah sie amüsiert an.

„Wenn du sie nicht trainierst, werden sie schwächer. So geht es Menschen, die durch einen Unfall für ein paar Wochen ans Bett gefesselt sind. Es dauert lange, bis sich ihre Muskulatur erneut aufgebaut hat. Sie brauchen intensives Training, um sich wieder normal zu bewegen. So ähnlich verhält es sich auch mit der Fitness unseres Immunsystems gegenüber den Krankheitserregern!"

„Soweit es Infektionen betrifft, ist mir das jetzt klar", sagte Jakob. „Aber was ist mit Krebs, Diabetes und Herz-Kreislauf-Erkrankungen, Philomena? Da kann man nichts trainieren und doch sind es die häufigsten Todesursachen."

Philomena stellte ihre leere Kaffeetasse auf den Tisch. Sie hielt die Fingerspitzen ihrer Hände gegeneinander.

„Diese Probleme entstehen oft aus eigener Ursache. Etwa, wenn wir uns zu wenig bewegen, übermäßig essen, oder uns schädigenden Stoffen und Einflüssen aussetzen."

Jakob erinnerte ihre Geste an einen seiner Dozenten.

„Außerdem kommt es zu diesen Beschwerden häufig erst im höheren Alter. Das Immunsystem wird im Alter schwächer und unsere Lebensspanne ist biologisch begrenzt. Am Ende steht nicht infrage, ob unser Körper kaputtgeht, sondern nur durch welchen Umstand."

Jakob kratzte sich am Kinn. „Das erklärt vielleicht, warum überwiegend alte Menschen an Covid-19 sterben. Viele von denen haben diese chronischen Krankheiten, von denen wir gesprochen haben."

Philomenas Mimik verfinsterte sich. „Ja, aber wenn man diese Tatsache anspricht, heißt es, man sei gleichgültig gegenüber dem Leben der Älteren. Dabei beschreibt es nur einen Prozess, der unvermeidbar ist. An einer Ursache stirbt schließlich jeder."

Wie um sie herauszufordern erwiderte er: „Manche glauben, der Mensch könnte unsterblich sein, wenn sich die Wissenschaft nur genug anstrengen würde, ein Mittel gegen den Tod zu finden. Es gibt ganze Institute, die daran forschen, Alter und Tod zu verhindern. Du bist Biologin. Glaubst du, das wird eines Tages so sein?"

Philomena strich sich mit der Hand über den Kopf.

„Ich glaube das nicht, denn es ist biologisch so vorgesehen, dass wir nach einer gewissen Lebensspanne sterben. Warum lebt eine Maus nur zwei und ein Elefant achtzig Jahre? Ihre Körper bestehen doch aus den gleichen Bausteinen der Natur."

„Also?", fragte Jakob.

„Daher denke ich, das Lebensalter wird von einem genetischen Programm bestimmt, das jeder Spezies von Lebewesen innewohnt. Natürlich kann man die Lebenszeit verlängern, aber nur für einen gewissen Zeitraum."

Sein Blick ging in die Weite. „Wer weiß? Vielleicht kann man auch dieses Programm eines Tages knacken!"

Er lachte. „Aber manche Menschen haben eine Versicherungsmentalität. Als könnte man sich gegen alle Widrigkeiten des Lebens, einschließlich Krankheit und Tod, versichern."

„Aber damit meinst du nicht die Krankenkassen, oder?", fragte Philomena besorgt.

Jakob musste so lachen, dass er zu husten anfing. „Bestimmt nicht", krächzte er.

Sie griff seine Worte von vorhin wieder auf.

„Du hast aber vollkommen recht mit dem, was du sagst. Mit so einer Versichertenmentalität wird der Mensch immer sorgloser, was sein eigenes Leben betrifft. Gegen Unmäßigkeit beim Essen muss es doch eine Pille geben, die das schwuppdiwupp wieder behebt. Oder ich stolpere auf der Straße und falle hin. Da ist dann die Stadt für meinen Unfall verantwortlich, weil der Fußweg nicht ebenmäßig gepflastert ist!"

„Und was folgt daraus?", fragte er spöttisch.

Philomena sagte gereizt: „Mit dieser Einstellung bleibt man ein unmündiges Kind, das rundum versorgt werden will, und die Verantwortung für sich an andere abgibt."

Jakob schüttelte den Kopf. „Das ist mir zu simpel, Philomena. Unsere Welt wird immer komplexer. Der Einzelne kann sich nicht mehr um jedes Detail sorgen!"

„Richtig, aber schon um das, was in seiner Macht steht." Dazu gehören auch Aufmerksamkeit und Verantwortung. Jedes Tier handelt verantwortlicher für sein Dasein, als ein Mensch mit so einer Einstellung!"

„Du wirst ja richtig wütend", stellte er erstaunt fest. „Weißt du, viele Leute finden das bequem, sich nicht mehr um jeden Dreck kümmern zu müssen."

Jetzt sah Philomena ihn empört an.

„Und diese Leute vergessen dabei die Kehrseite der Medaille. Je weniger ich mein Leben selbst bestimme, desto mehr gebe ich anderen die Entscheidungsgewalt über mich."

Jakob wunderte sich über ihren Zornesausbruch. „Absichtlich will das wohl kaum jemand!", sagte er. „Was sollte man denn deiner Meinung nach dagegen tun?"

„Verantwortlich für sich und seine Umwelt handeln. Erwachsen werden und nicht immer erwarten, dass einem alles mundgerecht serviert wird. Denn in diesem Fall ist das eigene Leben ziemlich sinnlos."

Damit hatte sie zumindest recht, ging ihm durch den Kopf, obwohl er mit vielem, was Philomena sagte, nicht einverstanden war.

Störfaktor Mensch

„Ich bin stocksauer", keuchte Jakob, als er sich mit Philomena vor dem Kino traf.

Er wischte sich den Schweiß von der Stirn.

„Bin froh, dass ich es noch rechtzeitig geschafft habe!"

Mitleidig sah Philomena in sein abgehetztes Gesicht.

„Was ist denn so Schreckliches passiert?"

„Ich war auf dem Weg nach Berlin, mit dem ICE. Auf einmal stoppte der Zug in einem winzigen Bahnhof, wo die ICEs sonst nie halten. Eine Weile geschah nichts, ohne dass wir erfuhren, warum. Dann hieß es, alle müssten wegen einer technischen Störung den Zug räumen. Der Zugbegleiter rannte durch die Gänge und scheuchte die Leute auf. Sagte, er hätte keine Informationen darüber, was passiert ist."

„Na so was!", wunderte sich Philomena.

„Warte, es kommt noch besser", sagte Jakob, als sie das Kino betraten.

„Nachdem alle ausgestiegen waren, standen wir eine Weile auf dem Bahnhof herum. Bahnpersonal war nicht in Sicht. Dann kam die Durchsage, wir sollten auf den nächsten ICE warten, mit dem wir weiterfahren könnten. Auf der Suche nach einer Toilette sah ich einen Zugabfertiger. Als ich ihn nach der Ursache der Panne fragte, erzählte er mir, der Zug wäre aus dem Verkehr gezogen worden, weil eine Tür sich nicht mehr betätigen ließ."

Philomena zog ihn in die Schlange vor der Kinokasse. „Ach! Und was geschah weiter?"

„Nachdem unser Zug geleert und abgefahren war, rollte nach über einer Stunde ein neuer ICE ein. Es war der nächste Zug nach Berlin und schon entsprechend voll besetzt. Meine Platzkarte galt nicht mehr und die restliche Zeit bis zur Ankunft standen wir dicht gedrängt in den Gängen."

Jakob fuhr sich mit der Hand über sein nasses Gesicht.

„Ich musste vom Hauptbahnhof hierher hetzen, konnte nicht mal was essen", grummelte er.

Philomena sah ihn mitfühlend an.

„Da drinnen gibt es Popcorn", sagte sie.

Sie schüttelte den Kopf. „Aber weißt du Jakob, bei technisch nicht so hochgezüchteten Zügen hätte man diese Tür mit einem Vierkantschlüssel verriegelt, und ein Schild mit der Aufschrift *defekt* befestigt. Da benutzte man eben eine andere Tür und das war es. Wegen so einer Sache gab es keine Verspätung."

„Heute reicht eine defekte Tür, um einen ICE mit neunhundert Passagieren aus dem Verkehr zu ziehen", maulte Jakob.

„Tja, unsere Gesellschaft wird immer störanfälliger", stellte Philomena fest.

Sie warf einen Seitenblick auf Jakob und kicherte. „Und im gleichen Maße werden die Menschen empfindlicher, wenn ihr Zeitplan nur ein wenig durcheinandergerät."

„Ja, lach nur! Das liegt daran, dass der Terminkalender bei vielen so engmaschig ist, dass der kleinste Vorfall ausreicht, um den ganzen Tagesablauf zum Kippen zu bringen. Das macht die Leute verrückt."

„Nicht nur das Jakob, viele nehmen damit auch Gefahren in Kauf. Denk an die Spediteure, die immer länger auf dem Bock sitzen, um die Liefervorgaben einzuhalten. Wenn dann ein Stau auf der Autobahn kommt, ist es aus mit den vorgeschriebenen Ruhepausen."

„Stimmt!", sagte er. „Kein Wunder, dass die Fahrer oft übermüdet über die Straßen brettern und die Unfallgefahr zunimmt."

„Na klar. Ich denke, dieser Stress resultiert aus der stärkeren Abhängigkeit von computergesteuerter Technik, die sich der Kontrolle ihrer Nutzer entzieht. Damit sind provisorische Lösungen, die Hilfe aus Notlagen schaffen, oft nicht mehr möglich. Passiert so ein Zwischenfall wie mit der Tür, kann niemand im Zug mehr aktiv eingreifen. Das System ist blockiert und alle sind auf Hilfe von außen angewiesen."

„Aus *Help yourself* wird *Help me!*"

Jakob sah Philomena an und lachte. Doch ihr war nicht nach Scherzen zumute.

„Wie du gerade sagst, es ist ein Hilfeschrei! So wie bei den technischen Systemen immer mehr Störungen auftauchen, gibt es zunehmend Menschen, die aus dem System fallen. Weil sie es nicht mehr schaffen, mit dieser sich rasch verändernden, entfremdeten Welt Schritt zu halten. Dabei sind es vor allem die Alten, die mit der Digitalisierung ihres Alltags überfordert sind."

Jakob winkte ab. „Nicht alle Leute sitzen an einem Computerarbeitsplatz und die Rentner schon gar nicht!"

„Schon richtig", sagte Philomena, während sie die Kinokarten in Empfang nahm. „Doch selbst für private

Angelegenheiten brauchen fast alle einen Computer. Manche sind hilflos, wenn nur der kleinste Zwischenfall auftritt. Sie können ihre Rechnungen nicht mehr bezahlen, nichts im Internet bestellen, die Steuererklärung bleibt liegen und so manches andere."

Sie schlenderten zu einem der Stehtische im Eingangsbereich. Jakob hatte noch Zeit, seinen Hunger mit ein paar Nachos zu stillen.

Während er die krümeligen Chips in sich hineinstopfte, erinnerte er sich an ein Seminar aus seinem Studiengang.

„Weißt du, es gibt bereits eine Menge Bücher über die Folgen von Computerausfällen bei der Energieversorgung. Auch der Zugang zum Trinkwasser hängt von elektronisch gesteuerten Prozessen ab."

Philomena war bestürzt. „So delegiert man die menschliche Daseinsvorsorge zunehmend an Rechensysteme!"

Er zuckte mit den Schultern. „Wahrscheinlich geht das heutzutage auch nicht mehr anders, Philomena!"

„Und was heißt das jetzt für uns, Jakob?", fragte sie gespannt. „Einen Generator im Haus und genügend Wasservorräte vorhalten?"

„Dafür brauchst du den nötigen Platz. Für Städter ist das oft keine Option. Aber es gibt Leute, die bereiten sich auf den großen Blackout vor."

Philomena sagte skeptisch: „Ob das so viel bringt? Auch das technisch ausgefeilteste System ist nicht gegen Fehler gefeit, die in unserer vernetzten Welt Kettenreaktionen erzeugen. Denk an die Reaktorunfälle von Tschernobyl und Fukushima."

„Und an die Sabotage von Energieunternehmen durch Computerhacker!", ergänzte Jakob.

Für eine Weile hingen beide ihren Gedanken nach. Schließlich sagte Philomena: „Weißt du, Jakob, die Menschen sollten sich lieber ein Beispiel an der Natur nehmen. Die ist gegenüber Fehlern tolerant und bietet Ersatzmöglichkeiten an."

„Interessant! Wie funktioniert das denn?"

„Wenn du eine verstopfte Ader hast, bildet dein Körper einen Ersatzkreislauf darum herum. Manche Organe wie die Lunge und die Nieren sind paarig angelegt und können so den Ausfall eines Partners kompensieren."

Jakob war beeindruckt.

„Oder denk mal, was für unterschiedliche Nahrung unser Stoffwechsel verwerten kann. Der Körper holt sich immer, was er braucht", fügte sie hinzu.

Jakob verzog das Gesicht. „Solchen Luxus leistet man sich in der heutigen vernetzten Welt kaum noch. Alles ist aufs Engste kalkuliert und die Vorratsreserven sind auf ein Minimum geschrumpft ..."

Philomena stibitzte ihm zwei Nachos. Er grinste und sagte: „Das hat man gemerkt, als sie wegen Corona dringend Gesichtsmasken brauchten und keine zur Stelle waren ..."

„Schließlich mussten sie dafür Wucherpreise auf dem internationalen Markt bezahlen, da solche Artikel nicht mehr im Land hergestellt werden", sagte Philomena.

Er zuckte mit den Schultern: „Das sind eben die Folgen der Globalisierung, Philomena! Ein einzelnes Land kann nicht mehr alles produzieren."

Sie lachte. „So ähnlich hatten die alten Römer wohl auch gedacht. Ihr Getreide kam aus Nordafrika, weil sich in Italien kaum noch jemand mit der Landwirtschaft befassen wollte. Als die Wandalen im Zuge der Völkerwanderung das heutige Tunesien besetzten, ließ deren König Geiserich keine Getreideschiffe mehr nach Rom auslaufen. In der Ewigen Stadt brach der Hunger aus."

„Und was geschah dann?", fragte Jakob gespannt.

„Was wohl?" fragte Philomena und gab sich selbst die Antwort. „Am Ende wurde Rom von den Germanen erobert."

Jakob war erstaunt.

„Was du alles weißt! Aus dieser Geschichte hätte man viel lernen können. Ich glaube, solche Abhängigkeiten entstehen aus Bequemlichkeit, Philomena! Weil die Menschen sich nicht anstrengen wollen und nur mehr danach schielen, wer am billigsten liefert."

Philomena stimmte ihm zu. „Genau! So was passiert in der Natur nicht. Unser Körper legt Vorräte für magere Zeiten an. Selbst wenn uns das in Form von Fettpolstern nicht an jeder Stelle gefällt!"

Jakob grinste. „Zum Glück habe ich damit kein Problem."

Er sah sich suchend um. „Aber einen tierischen Durst habe ich jetzt!"

Philomena stellte ihm ihre Wasserflasche vor die Nase.

Jakob nahm einen gehörigen Schluck. „Danke!"

Er musste rülpsen, grinste und sagte: „Die Frage ist, wie sich unser Leben entwickeln wird, wenn die

Abhängigkeit von der Technik und die Globalisierung immer stärker werden."

„Vermutlich erleben wir immer größere Überraschungen. Nur das diese schwerwiegender sein werden als dein Vorfall mit dem ICE."

„Wenn man das weiß, warum ändert man das nicht?" Jakob sah sie fragend an. „Es scheint doch nicht so einfach zu sein, wie du denkst, Philomena!"

Philomena zuckte mit den Schultern.

„Ich glaube, das widerspricht der Natur des Systems. Wenn jemand nachhaltig wirtschaftet, sich rechtzeitig um einen Vorrat und die Reparaturen kümmert, nutzt die Konkurrenz das aus. Sie ist schneller und mit einem billigeren Angebot zur Stelle. Natürlich nur so lange, bis die ersten Probleme auftreten. Meistens dann, wenn die Garantie gerade abgelaufen ist."

Er lachte. „Genau dieses Problem hatte ich vor kurzem mit meinem Drucker, Philomena!"

Sie trommelte mit ihren Fingern auf dem Tisch.

„Aber das ist in der heutigen Welt das bestimmende Prinzip. Nicht vorsorgend und sicher, sondern voreilig und risikobehaftet. Wenn was schiefgeht – Pech gehabt. Man hofft darauf, dass meistens nichts passiert."

„Eine Art Glücksspiel. Mathematisch kann man beweisen, dass so etwas auf Dauer nicht gutgeht!"

„Glaube ich dir, Jakob. Es ist so, als säße man in einem Auto, bei dem die Bremse nicht immer gleich gut funktioniert. Man hofft darauf, bei den entscheidenden Bremsmanövern Glück zu haben."

Er schüttelte den Kopf.

„Aber Philomena, die Leute werden doch zur Verantwortung gezogen, wenn sie so handeln. Dein Beispiel ist ziemlich übertrieben."

„Findest du? Der Staat macht es uns doch vor. Die Regierungen haben nur noch ihre Wahlperiode im Blick. Ergebnisse, die erst später und womöglich anderen Politikern gutgeschrieben werden, interessieren die nicht! Schau doch, wie es um die Infrastruktur, das Gesundheitswesen, die Straßen und Schienen aussieht!"

„Aber am Ende führt das doch ins Chaos, Philomena. Das Auto mit der halbdefekten Bremse landet zwangsläufig an einem Baum."

„Zweifellos", erwiderte sie. „Aber jeder hofft, dass er in diesem Moment nicht mehr in dem Auto sitzt, sondern woanders auf einem sicheren Platz."

Er lachte. „Das siehst du zu einfach. Selbst wenn es solche Tendenzen gibt. Die Menschen sind lernfähig und sie werden erkennen, dass es so nicht weitergehen kann."

„Vielleicht", erwiderte Philomena. „Aber da die hypertechnisierte Umwelt und unser Alltag komplexer werden, verlässt man sich zunehmend auf die künstliche Intelligenz, die allein noch in der Lage sein wird, die Vielfalt an Regelkreisen zu steuern. Der Haken daran ist, dass wir uns damit nicht nur materiell, sondern auch in unserem persönlichen Leben in Abhängigkeit von der KI begeben. Sie wird am Ende bestimmen, was jeder von uns zu tun oder zu lassen hat."

Jakob hob seine Hand. „Nein! So ist es nicht. Die KI ist angewiesen auf die Menschen, die sie erschaffen haben und bedienen, Philomena. Jeder der einen Computer hat, weiß das!"

„Am Anfang ist es schon noch so, Jakob."

„Was meinst du damit?"

„Wenn die KI jedoch immer komplexere Vorgänge steuern muss, verstehen die Menschen das nur noch in Teilbereichen. Nimm an, die KI muss bei einem Blackout die Verteilung der noch vorhandenen Strommenge regulieren. Diese Entscheidung wird rein zweckmäßig begründet sein und nicht ethisch-moralisch, was für die davon betroffenen Menschen katastrophal sein kann."

Jakob fasste sich an die Stirn. „So eine Zukunft kann ich mir kaum vorstellen! Die Menschen werden sich nicht freiwillig einer solchen Regelung unterwerfen."

„Vor Beginn der Coronakrise hätte ich das auch gedacht, aber jetzt bin ich mir da nicht mehr so sicher, Jakob."

Er war irritiert. „Was hat das damit zu tun? Da ist es keine KI, die das entscheidet, sondern es sind die Politiker als einzelne Menschen!"

„Richtig, Jakob. Aber die Entscheidungen der Regierung beruhen doch auf den computergestützten mathematischen Modellen von Wissenschaftlern, deren Wahrheitsgehalt sich erst herausstellt, wenn es eigentlich zu spät ist. Für die Normalbevölkerung sind diese Berechnungen nicht mehr nachvollziehbar."

„Damit widersprichst du dir doch selbst, Philomena. Demnach müsste zukünftig eine KI das berechnen. Die wird objektivere Schlussfolgerungen treffen, als einzelne Experten, die sich oft persönlich in den Vordergrund drängen wollen!"

Philomena nickte. „Stimmt. Die KI ist nicht eitel, wie manche unserer sich oft widersprechenden Experten."

„Das ist doch gut, Philomena", sagte Jakob eifrig. „Die KI ist rein an der Sache orientiert."

Philomena sah vor sich auf den Tisch. „Schon, sie wird damit aber noch stärker als diese Experten bestimmen, wie wir Menschen uns zu verhalten haben, Jakob."

Er machte große Augen „Wie soll das aussehen?"

„Ein Beispiel: Denk doch nur an Kriegseinsätze mit computergesteuerten Drohnen. Heute drückt noch ein Mensch auf den Knopf, um die Rakete auf das Ziel abzufeuern. Morgen wird der Rechner das selbstständig entscheiden, da Computer das Ziel schneller und präziser erfassen und auch weil der Kriegsgegner eine ebensolche Technik entwickelt. Aus der handgesteuerten Drohne wird damit eine computerkontrollierte Vernichtungswaffe."

„Aber diese Waffen werden nur gegen militärische Ziele eingesetzt!", wandte Jakob ein.

„Schon, aber wenn zum Zeitpunkt des optimalen Abschusses zufällig Zivilisten im Zielgebiet auftauchen? Das ist keine Fantasie, sondern schon oft passiert. Der Computer wird sich nicht darum kümmern, sondern seinen Berechnungen folgen!"

„Das schon!" Nachdenklich fügte Jakob hinzu: „Und dabei fällt mir noch etwas anderes ein."

Philomena war neugierig. „Was denn?"

„Mit dem Beschluss, den Angriff der KI zu überlassen, übertrage auch meine persönliche Zuständigkeit an diese."

Sie nickte.

„Das reduziert die Skrupel bei den dafür verantwortlichen Menschen auf ein Minimum. Zumal die nur schemenhaft auf einem Bildschirm sehen, was da geschieht."

Für eine Weile hingen beide ihren Gedanken nach.

Dann sagte Jakob: „Da fällt mir eine Doku ein, die ich vor Kurzem gesehen habe. Mit dem Fortschritt bei der Miniaturisierung kann man computergesteuerte Drohnen mit einer Software zur Gesichtserkennung einsetzen. Diese Drohnen tragen eine Sprengladung und sind nicht viel größer als ein Insekt. Damit kann man gezielt Menschen töten. Unter solchen Umständen wird es fast unmöglich sein, die Person zu finden, die einen so ausgeführten Mord veranlasst hat."

Philomena war entsetzt. „Wirklich?"

Jakob fuhr fort. „Die Weiterentwicklung der Technik verdoppelt sich alle paar Jahre, wohingegen unsere Möglichkeit sie zu kontrollieren, wenn überhaupt, dann höchstens linear ansteigt."

„Das kann gut sein", sagte sie nachdenklich.

Er fügte hinzu: „Dazu kommen noch Hacker und Cyberterroristen, die in Rechenprozesse eingreifen, ohne dass wir es rechtzeitig merken. So etwas ist schon passiert und wird in Zukunft noch gewaltig zunehmen."

„Keine schöne Aussicht, mein Freund."

Jakob sah Philomena mit Skepsis an. „Aber sollten wir uns deshalb von der Technik emanzipieren? Das hieße letztendlich, ganz auf sie zu verzichten!"

„Das wird nicht mehr möglich sein, Jakob. Aber wir müssen sicherstellen, dass wir Menschen Herr im Haus sind und nicht eine KI, die nur nach ihrem Algorithmus entscheidet. Allerdings habe ich so einige Zweifel, ob das Ruder da noch umzureißen ist."

Sie drehten sich um, als sich die Tür zum Kinosaal hinter ihnen öffnete.

„Was sehen wir denn überhaupt für einen Film?", fragte Jakob.

Philomena grinste. „Planet der Affen: Survival."

Sie kniff ihn scherzhaft in seinen Arm.

„Du magst doch Science-Fiction Filme, oder?"

One world

Als die beiden das Kino verließen, war auf der Straße noch viel Betrieb, obwohl der Abend schon weit fortgeschritten war.

Jakob fand als Erster seine Sprache wieder. „Wenn die Menschen sich einig wären, dann müsste es nicht wie in diesem Film immer nur mit Krieg und Zerstörung enden!"

„Ja, das scheint wie ein Fluch auf der Menschheit zu liegen", erwiderte Philomena.

Ihre Akzeptanz des angeblich Unvermeidlichen ärgerte Jakob fast jedes Mal, wenn sie zusammen waren.

„Aber warum soll man das so einfach hinnehmen?", empörte er sich. „Wie es aussieht, nehmen die Konflikte auf der Welt immer mehr zu."

Philomena blieb gelassen. „Auf jeden Fall hört man mehr davon. Durch das Internet sind wir ein globales Dorf geworden, Jakob."

Diese Bemerkung machte ihn erst recht wütend. „Aber nichts davon hören heißt doch nicht, dass diese Probleme nicht da sind! Das wäre so, als steckte man den Kopf in den Sand."

„Das stimmt schon Jakob", sagte Philomena beschwichtigend. „Doch was hilft es dir, wenn du stündlich neu mit Konflikten auf der ganzen Welt konfrontiert wirst, ohne dass du in der Lage bist, etwas daran zu ändern?"

„Das sehe ich nicht so,, Philomena! So eine Haltung bringt uns nicht weiter. Unsere Wahrnehmung wird dadurch gestärkt, dass wir auf diesem Planeten zusammengehören und unsere Handlungen auf andere Menschen und die Natur Einfluss haben. Damit werde ich mir mehr meiner persönlichen Verantwortung bewusst."

Philomena zog ihren Atem tief ein. Die Luft war feucht und schmeckte nach Benzin.

„Das schon, Jakob. Allerdings erdrückt dich die Fülle der Probleme, mit denen du unablässig konfrontiert wirst. Das lähmt eher, als dass es dich zum Handeln bringt."

Ihm stieg es heiß zu Kopf, als er sie so reden hörte. „Verdammt noch mal, sei doch nicht immer so pessimistisch, Philomena! Vielleicht genügt es, wenn man sich aus der Fülle der Probleme ein oder zwei Anliegen herausgreift, wo man konkret was ändern kann."

„Woran denkst du da genau?", fragte Philomena und blickte zum Himmel, als die ersten Tropfen fielen.

„Zum Beispiel an die Arbeitsbedingungen, unter denen Menschen in den Entwicklungsländern Kleidung herstellen. Sachen, die bei uns billig angeboten und häufig gekauft werden."

Sie schürzte ihre Lippen. „Gute Idee. Und was tätest du dagegen?"

„Man kann Organisationen unterstützen, die sich für menschlichere Arbeitsverhältnisse in der Dritten Welt einsetzen. Außerdem gegen Leute bei uns vorgehen, die von der Ausbeutung der Menschen in den Entwicklungsländern profitieren."

Der Regen wurde stärker und Philomena spannte ihren Schirm auf. „Und was würde sich dadurch ändern?"

146

Jakob zog sich seine Kapuze über den Kopf. „Die Produzenten in den Herstellerländern werden gezwungen, sich für bessere Arbeitsbedingungen und Löhne einzusetzen, wenn sie ihre Ware hier weiter verkaufen wollen."

Sie gingen an der Filiale einer großen Textilkette vorbei. Die Leuchtreklamen spiegelten sich auf dem nassen Pflaster.

„Das bedeutet aber auch, dass ihre Produkte bei uns teurer angeboten werden", sagte Philomena und blickte im Vorbeigehen in die Schaufenster.

„Na klar", erwiderte Jakob. „Doch weil wir von dem Elend in den Produktionsstätten wissen, werden wir einen höheren Preis akzeptieren, wenn die Menschen dort dafür fairer behandelt und angemessen bezahlt werden."

Philomenas Schritte wurden langsamer. Sie deutete auf die Ware in den Vitrinen. „Manche Leute schon, aber bestimmt nicht alle, Jakob. Möglicherweise wird der Absatz solcher Produkte hier zurückgehen."

Jakob warf einen verächtlichen Blick auf die Auslagen. „Na, das hat dann auch einen Nutzen! Die Leute sollen nicht so häufig Wegwerftextilien kaufen."

Sie setzten ihren Weg fort. In der Entfernung sahen sie das blau leuchtende Schild der U-Bahn-Station.

„Was denkst du Jakob? Wie werden die Produzenten in den Entwicklungsländern darauf reagieren?"

Es hatte sich eingeregnet und Jakob beschleunigte seinen Schritt. „Sie haben doch keinen Verlust. Sie bekommen mehr Geld für ihre Artikel, im Austausch gegen bessere Arbeitsbedingungen und Löhne für ihre Arbeiter."

Philomena musste niesen und putzte sich die Nase.

„Sie könnten aber auch anders reagieren, Jakob."

„Wie denn?", fragte er neugierig.

„Indem sie ihre Betriebe mechanisieren und die damit überflüssig gewordenen Arbeitskräfte entlassen."

Er lachte. „Maschinen anschaffen? Das ist denen doch zu teuer! Sonst hätten sie es schon längst gemacht."

Philomena schüttelte ihren Kopf.

„Bisher nicht, aber vielleicht ändert sich das, wenn auf sie Druck ausgeübt wird, die Arbeitsbedingungen zu verbessern. Dadurch steigen die Löhne und die Menschen treten in schärfere Konkurrenz zu den Maschinen, welche die Ware preisgünstiger und ohne Murren produzieren."

Jakob runzelte die Stirn. „Das machen vielleicht Großproduzenten, aber nicht die kleinen Klitschen."

„Vergiss nicht, dass auch Maschinen aufgrund des globalen Handels billiger werden!", sagte Philomena als sie vor dem U-Bahn-Eingang standen.

Über eine Treppe gelangten sie in die Tiefe.

„Das wäre tatsächlich ein Dilemma.", sagte Jakob, nachdem sie unten angekommen waren.

Philomena faltete ihren Schirm zusammen. „Du sagst es. Wenn also mehr Leute entlassen werden, die vorher eine schlecht bezahlte Arbeit hatten, was wird dann passieren?"

Sie liefen über einen langen Gang, der sie zum Bahnsteig führte. Jakob schaute auf die Uhr. „Vielleicht finden sie anderswo eine Beschäftigung oder sie schließen sich zusammen und machen sich selbstständig."

„Das ist in Ländern mit einer hohen Arbeitslosenquote ungewiss. Möglicherweise werden sie zu noch schlechteren Bedingungen als zuvor eingestellt. Vielleicht bekommen sie aber auch gar keine Arbeit mehr."

Er trat spielerisch gegen die Säule des Fahrkartenautomaten. „Was schlägst du denn vor, um dieses Problem zu lösen, Philomena?"

„Das!", sagte sie und holte zwei Tickets aus ihrer Handtasche.

„Nein! Ich meine das, worüber wir gerade gesprochen hatten!", sagte Jakob lachend.

„Nichts", erwiderte sie. Er sah sie verdutzt an.

„Ich bin genauso ratlos wie du, was das betrifft. Aber es zeigt, dass man sich nicht nur ein oder zwei Probleme suchen kann, wo man an den Schrauben dreht. Da alles zusammenhängt, kommen dadurch andere Dinge ins Ungleichgewicht. Die Frauen, die ihren Job in der Textilfabrik verloren haben, werden es bei sich womöglich schlechter haben, als vorher."

„Du meinst, weil sie keinen Lohn mehr nach Hause bringen?"

Philomena entwertete die Fahrscheine.

„Die Familien sind auf dieses Geld angewiesen. Wenn es fehlt, produziert das eine Spirale der Armut und damit verbunden mehr häusliche Gewalt."

Jakob zeigte auf ein Plakat auf dem Bahnsteig.

„Sieh mal das hier! Dann muss man solche Hilfsprogramme unterstützen, die den Frauen in Not beistehen."

„Da hast du es, Jakob. Damit drehst du an weiteren Schrauben, die noch mehr Vorgänge beeinflussen. Die Hilfen können nur durch Spenden finanziert werden. Aber Spendenaufrufe gibt es viele und sie stehen zueinander in Konkurrenz. Egal, wo du eingreifst, alles hängt zusammen. Wenn du an einer Sache drehst, gerät dadurch eine andere aus dem Gleichgewicht, von der du es nicht geahnt hast."

Sie setzten sich auf eine metallene Bank, die an Unbequemlichkeit nichts zu wünschen übrigließ.

„Das liegt alles nur am nationalen Egoismus", sagte Jakob. „Es gibt an die zweihundert Staaten auf der Erde. Wenn wir eine Weltregierung hätten, müsste die darauf achten, dass keine extremen sozialen Ungleichheiten entstehen, da sie für alle Menschen auf der Welt verantwortlich ist und nicht nur für einen Nationalstaat oder eine Staatengruppe wie die EU."

Philomena sah nachdenklich auf den Boden.

„Somit hätte die globale Führung aber mit einer unüberschaubaren Fülle von komplexen Problemen zu kämpfen. Man sieht doch, wie unzureichend es den Regierungen der Nationalstaaten gelingt, auch nur die Schwierigkeiten in ihren eigenen Ländern zu lösen. In Staatenbündnissen, wie in der EU, ist es noch komplizierter. Wie sollte das eine Weltregierung für den gesamten Globus schaffen?"

Jakob streckte seine Arme hinter sich aus.

„Die braucht eben technische Unterstützung. Ich denke dabei an selbstlernende Programme wie beim Schachcomputer Alpha Zero. Mithilfe solcher Software können Computer selbstständig Schach lernen und sich in wenigen Stunden so weit vervollkommnen, dass sie in der Lage sind, jeden menschlichen Gegner zu besiegen."

„Verstehe", sagte Philomena.

„Du meinst, dass eine künstliche Intelligenz fähig wäre, solche Probleme, wie du sie geschildert hast, in allen ihren Auswirkungen zu berechnen, um dadurch eine ideale Antwort zu finden, welche die Folge jeder Veränderung mitberücksichtigt."

Jakobs Augen glänzten. „Genau. Das ist die ideale Lösung für die Zukunft."

Philomena sah ihn zweifelnd an. „Meinst du, der Mensch hätte noch die Übersicht und Kontrolle über Entscheidungen, die so eine KI ihren Berechnungen nach trifft?"

„In Teilbereichen schon ..."

„Aber nicht im gesamten Gefüge", ergänzte sie, „Denn sonst bräuchte er die Hilfe des Supercomputers nicht!"

„Richtig, nur der Computer schafft es durch seine Rechenleistung, alles miteinander zu vernetzen."

Philomena kratzte sich am Ohr. „Somit kann es vorkommen, dass die Menschen die Entscheidungen der KI nicht verstehen. Sie könnten dagegen rebellieren, wenn sie beispielsweise beschließt, zum Wohle der gesamten Welt bestimmten Regionen weniger Energie zuzuteilen. Oder medizinische Behandlungen, die kostspielig sind, Personen nur noch abhängig von ihrem Verhalten zugesprochen werden."

Jakob schüttelte den Kopf.

„Auch bei Entscheidungen, die nur von Menschen getroffen werden, gibt es immer Leute, die sich benachteiligt fühlen oder es sogar sind. Was soll denn mit einer KI grundlegend anders sein?"

„Es ist doch so", sagte Philomena. „Die Maschine arbeitet streng nach ihren Vorgaben und muss weltweit alles ab- und ausgleichen."

„Genau", bestätigte Jakob.

Sie war müde und rieb sich ihre Augen.

„Wenn du rauchst oder einen ungesunden Lebensstil pflegst, bekommst du eventuell keine ärztliche Hilfe gegen Asthma, Herz- oder Lungenschäden. Denn diese benötigt vielleicht jemand in woanders dringender, da er arbeitsfähiger ist und durch sein eigenes Verhalten nicht zu seinem medizinischen Problem beigetragen hat. Im Gegensatz zum Raucher in meinem Beispiel."

Jakob runzelte die Stirn.

„Das hieße aber, alle Menschen in ihrem Verhalten lückenlos zu überwachen. So etwas wäre unethisch."

„Unethisch?", echote Philomena schulterzuckend. „Nach menschlichem Ermessen schon. Aber der Computer muss doch alle Gesichtspunkte berücksichtigen, wenn er seine Entscheidungen den Umständen entsprechend fällen soll. Und dazu gehört die Überwachung eines jeden Menschen. So wie die Fabrikation am Fließband Schritt für Schritt kontrolliert wird, damit es nicht zu einem Störfall kommt."

Sie hingen beide ihren Gedanken nach.

Schließlich sagte Jakob: „Demnach wird der Computer nach Maßgabe aller Parameter die vernünftigste Entscheidung treffen, auch wenn das

Einzelnen oder einer Gruppe von Menschen ungerecht erscheint."

Sie nickte.

Er runzelte die Stirn. „Einerseits ist das zweckmäßig, anderseits nicht sehr mitfühlend, Philomena."

„Ist es auch nicht", sagte sie.

Sie standen beide auf, als sich der näherkommende Zug geräuschvoll ankündigte.

„Es ist rein rational, wie die KI entscheidet", sagte Philomena und fügte hinzu: „Barmherzigkeit kannst du nicht programmieren. Wie du weißt, sind Verstand und Gefühl unterschiedliche Dinge. Aber du wärst auch nicht davon erbaut, wenn die Welt nach der jeweiligen Gefühlslage eines absoluten Herrschers regiert würde, oder? Damit hat man in der Geschichte schon furchtbare Erfahrungen gemacht."

Als die U-Bahn einfuhr, sagte Jakob laut. „Stimmt schon, aber das rein zweckbestimmte Handeln ist nicht sehr demokratisch und auch nicht immer ethisch, Philomena."

Der Zug kam zum Stehen, zischend öffneten sich die Türen.

Als sie einstiegen antwortete Philomena: „Nein, das ist es nicht. Aber wenn die Menschen eine Weltregierung zum Wohle aller anstreben, können sie das nur mit Hilfe einer KI bewerkstelligen, welche die Folgen jeder Entscheidung vorausberechnen kann."

„Das glaube ich auch", meinte Jakob.

Philomena sah ihn an.

„Dieser KI müsste jedoch eine unbeschränkte Entscheidungsgewalt gegeben werden, um alle Prozesse auf der Erde so zu steuern, dass sie sich nicht gegenseitig blockieren und neue Störungen hervorrufen. Eine KI kann daher nicht demokratisch regieren, denn das hieße, Menschen könnten auf ihre Beschlüsse Einfluss nehmen. Somit muss ihr die absolute Macht übertragen werden, um reibungslos zu funktionieren."

Sie hielten sich fest, als der Zug in einer Kurve durch den Tunnel preschte.

„Das hieße letztendlich aber die Errichtung einer Diktatur, Philomena!"

Sie nickte. „Ja, eine Diktatur noch totaler als alles, was es an Machtfülle auf der Welt bisher gegeben hat. Aber in Gänze gesehen zum Wohle der gesamten Menschheit!"

Jakob schnaufte. „Obwohl es für viele einzelne Menschen schmerzhaft wäre. So gesehen ist das keine gute Aussicht für unsere Zukunft!"

Eine Lautsprecherstimme kündigte die nächste Station an. Philomena wartete mit ihrer Antwort.

„Deswegen ist der Ruf nach einer Weltregierung eine zweischneidige Sache. Grundsätzlich ist das anzustreben, aber nur erträglich, wenn die Menschen so weit entwickelt sind, dass sie eigentlich keine Regierung mehr bräuchten. Bis dahin ist es noch ein weiter Weg."

„Du meinst, bis dahin fahren wir besser mit den Nationalstaaten?", fragte Jakob.

„Zumindest mit den Kleinen, die überschaubar sind. In der Schweiz kannst du mit Volksbefragungen einiges an Politik gestalten. In größeren Staaten wie bei uns geht das angeblich nicht. Ein Zusammenschluss wie die EU ist aus diesem Grund noch weniger demokratisch. In einem Weltstaat hätte der Einzelne nichts mehr zu vermelden. Ich denke da eher an einen Ameisenstaat."

Der Zug ruckte wieder an und beschleunigte rasch.

„Zum Glück läuft das bei uns nicht", sagte Jakob. „Selbst innerhalb der EU ist man sich oft nicht einig, wenn es darum geht, für alle Mitgliedsstaaten gleiche Richtlinien durchzusetzen."

„Täusch dich nicht, Jakob. Vielleicht sind wir schon auf dem Weg dahin. Die digitale Erfassung und Überwachung der Menschen schreiten mit großen Schritten auch bei uns voran. Es ist doch das gleiche Modell, mit dem manche Politiker liebäugeln, wenn sie davon sprechen, wie China mit einer perfekten Überwachung die Coronapandemie und andere Krisen hervorragend meistert."

Jakob schüttelte den Kopf. „Nächste Station muss ich umsteigen", rief er, um das Kreischen der Räder zu übertönen.

„Philomena, ich glaube, die Menschen hier sind anders. In den asiatischen Ländern sind die Leute traditionell mehr kollektivistisch und stellen sich selbst gegenüber der Gesellschaft zurück. Hier ist es umgekehrt, jeder will ein Individualist sein und sich nicht einem Kollektivsystem unterordnen."

Philomena hob müde ihre Schultern. „Es ist schwer vorherzusagen, wie sich alles entwickeln wird. Wenn die Weltregierung kommt, ohne dass die Menschen dafür reif sind, kann es nur eine Diktatur sein."

„Aber das ist doch eigentlich paradox, wenn man den Gedanken verfolgt, dass eine geeinte Menschheit ein erstrebenswertes Ziel ist!", stellte Jakob fest.

„Allerdings! Denn wenn die Menschen soweit erwachsen sind, dass eine Weltregierung auch unter ethischen Gesichtspunkten akzeptabel wäre, brauchen sie diese nicht mehr. Es wäre ein verantwortungsbewusstes Leben in einer Gesellschaft, die von allen getragen wird und keiner Herrschaft mehr bedarf!"

Der Zug hielt mit einem Ruck. Die Türen öffneten sich.

Beim Aussteigen rief Jakob ihr zu: „Das wäre ja wie ein Paradies, Philomena!"

„Ja, das wäre es!", sagte sie während sich die Türen geräuschvoll wieder schlossen.

Über den Tod

„Was denkst du über den Tod, Jakob?" Philomenas
Blick verlor sich über die nebelverhangene Fläche des
Schlachtensees, wo sie sich zu einem Spaziergang
verabredet hatten.

Jakob schaute Philomena verdutzt an. Mit dieser
Frage hatte er nicht gerechnet.

„Was soll ich sagen? Ich versuche möglichst, nicht
daran zu denken."

„Aber dir ist schon bewusst, dass der Tod die einzige
Gewissheit ist, die wir im Leben haben, oder?"

„Schon, aber ich finde den Gedanken daran nicht
sonderlich hilfreich. Außerdem bin ich noch jung. Es ist
normal, dass du an den Tod denkst, Philomena. Du bist
viel älter als ich."

„Wenn man jung ist, erscheint der Tod einem weit
weg, aber eine Garantie, alt zu werden, gibt es nicht."

„Klar, aber wahrscheinlich werde ich nicht so bald
sterben."

„Da hast du recht, doch auch eine geringe
Wahrscheinlichkeit verwandelt sich in Gewissheit,
wenn sie urplötzlich eintrifft. Egal ob es ein
Lottogewinn oder ein tödlicher Unfall ist."

Ihm fröstelte. Es war Mitte November und schon
recht kalt. „Trotzdem. Was bringt es mir, über den Tod
nachzudenken, Philomena?"

„Für sich gesehen, hilft das nicht gegen den Tod,
aber man ist dann weniger überrascht, wenn er
unvermutet vor einem steht."

Er zuckte mit den Schultern. „Wenn er schnell
kommt, wie bei einem Unfall, habe ich nicht die Zeit

überrascht zu sein, geschweige denn darüber nachzudenken …"

Er sah in Philomenas Gesicht, das deutliche Spuren ihres Alters trug.

„Was bringt es also, Philomena?"

„Vielleicht siehst du damit dein Leben in einem anderen Licht, unter einem anderen Blickwinkel?"

„Wie meinst du das?"

„Na ja, wir verhalten uns doch so, als ob wir ewig leben, und gehen daher verschwenderisch mit unserer Zeit und mit anderen Menschen um."

Sein Blick glitt über die Bäume am anderen Ufer, die bis auf wenige alle Blätter abgeworfen hatten.

„Du willst sagen, der Gedanke an den Tod bringt mich dazu, den Alltag bewusster zu leben?"

„Ja, überleg mal, wenn du wüsstest, du hättest nur noch ein Jahr, einen Monat, eine Woche, einen Tag. Was würdest du machen?"

Jakob kratzte sich am Kopf.

„Lass uns weitergehen", sagte er. Nach ein paar Schritten erwiderte er: „Schwer zu sagen, Philomena. Es hängt davon ab, wie viel Zeit mir noch bleibt."

„Natürlich", sagte sie.

Jakob steckte seine Hände in die Jackentasche.

„Ich würde überlegen, ob ich einen mir nahestehenden Menschen sehr gekränkt habe und versuchen, das wieder in Ordnung zu bringen. Ich dächte sicherlich darüber nach, was ich mit der verbleibenden Lebenszeit anfange."

Philomena hakte sich bei ihm ein.

„Genau das meinte ich Jakob! Du gingest bewusster mit deiner Zeit und deinen Mitmenschen um."

158

„Ja. Ich würde mehr auf das achten, was mir im Leben wichtig ist."

Sie setzten ihren Weg fort und Jakob dachte an erfreulichere Dinge, als Philomena sagte: „Aber nehmen wir an, du hättest nur wenig Zeit. Wie jemand, dem eine tödliche Krankheit diagnostiziert wird. Du könntest es nicht mehr schaffen, deine Vorsätze in dieser Zeitspanne umzusetzen!"

Er zuckte mit den Schultern. „Das wäre hart, Philomena. Es ist eine hypothetische Frage. Woher soll ich das jetzt wissen, wo es mir doch jetzt gerade gut geht?"

„Deswegen meine ich, dass es sinnvoll ist, manchmal über den Tod nachzudenken. Selbst wenn es ungewiss ist, wann er an einen herantritt. Und vor allem, wenn du dich mit nahestehenden Menschen gestritten hast, oder unzufrieden mit dem Leben bist, das du führst."

Er dachte an seine Mutter und die vielen Jahre mit den unausgesprochenen Fragen zwischen ihnen.

„Um seinen Frieden mit allen anderen zu schließen, bevor man aus der Welt geht?"

„So etwa. Aber auch deinen Frieden mit dir selbst, finde ich."

„Mit mir?", fragte er erstaunt.

„Ohne in Frieden mit dir selbst zu leben, kannst du ihn nicht mit den anderen und der Welt haben."

Jakob starrte auf seine Füße, die sich im Rhythmus seiner Schritte bewegten.

Nach einer Weile sagte er: „Das hieße aber, mich so zu akzeptieren, wie ich bin. Mit allen meinen Schwächen?"

Philomena nickte lebhaft.

„Jakob, ich habe auch kaum an den Tod gedacht, bis ich vor einer dringenden Herzoperation stand. Ich wusste, mein Herz wird dabei stillgelegt und es muss danach von alleine wieder anfangen zu schlagen, sonst war es das."

Er blieb stehen und griff nach ihrer Hand.

„Sie haben dir den Brustkorb aufgeschnitten?"

„Ja, ohne den Eingriff wäre ich ein paar Monate später an Herzversagen gestorben."

„Das hattest du mir nie erzählt!", sagte Jakob.

„Stimmt", sagte sie. „Da war die schreckliche Vorstellung, dass sie mir den Brustkorb aufschneiden, das Herz stilllegen und operieren. Danach muss das Herz wieder von alleine anfangen zu schlagen. Die Panik bekämpfte ich nur mit dem Gedanken, was die Alternative wäre - in ein paar Monaten den Herztod zu sterben."

Sie liefen weiter.

„Wie ist es dazu überhaupt gekommen?", fragte Jakob.

„Damals hatte ich eine Freundin zum Bahnhof begleitet und bin auf der Treppe zum Bahnsteig hinter ihr hergelaufen. Der Zug kam und sie durfte ihn nicht verpassen. Auf den letzten Stufen spürte ich, wie es begann. Da war dieses pumpende Gefühl in der Brust. Mein Herz schlug, aber ich war wie gelähmt und in mir machte sich eine Schwere breit."

Philomena atmete schwer.

„Meine Freundin drehte sich in diesem Moment um. Sie sah sofort, was mit mir los war. Auf dem Bahnsteig schaffte ich es noch auf eine Sitzbank. Dann fiel ich in eine tiefe Schwärze ohne Zeit und Raum."

Jakob rieb sich seine klammen Hände und steckte sie wieder in seine Jackentaschen. „Also war da nichts, woran du dich erinnern kannst!"

Fast unmerklich schüttelte Philomena ihren Kopf.

„Es war vollkommen still, bis ich die Stimme meiner Freundin hörte, die mich rief. Ich hatte nicht das Gefühl, lange weggewesen zu sein. Aber sie sagte, es war mehr als eine halbe Minute gewesen. Die Feuerwehr brachte mich ins nächstgelegene Krankenhaus. Ich verbrachte eine schlaflose Nacht in der Ersten Hilfe, bis am frühen Morgen alle Untersuchungen vorbei waren."

„Und dann?", fragte Jakob gespannt.

„Nachdem klar war, dass ich am offenen Herzen operiert werden musste, fing ich an, mehr über den Tod nachzudenken."

Jakob fuhr sich mit der Zunge über seine trockenen Lippen. Er bereute, nichts zu trinken mitgenommen zu haben.

„Und was kam dir dabei in den Sinn?"

„Die Kostbarkeit jedes Augenblicks. Als meine Familie und die Freunde mich kurz vor der Operation besuchten, wusste ich nicht, ob wir uns je wiedersehen. Ich freute mich unendlich über jeden. Es war fast wie ein endgültiger Abschied."

Jakob stieß seinen Atem aus, es war eine weiße Spur, die sich in der Luft schnell auflöste.

„Zumindest war dir nicht klar, ob es ein letztes Mal war!"

Philomena lächelte. „Mir wurde bewusst, wie kostbar jeder Moment im Leben ist. Ich erinnere mich, wie ich vom Stationszimmer durch das Fenster in ein

Nachbarhaus sah. Es war früh am Morgen. Da saß eine Familie am Frühstückstisch, ein normaler Alltag. Das Gleiche hatte ich so viele Male selbst erlebt und nie war mir bewusst gewesen, wie wertvoll ein Moment des alltäglichen Glücks ist."

Jakob war, als sähe er alles genau vor sich.

„Als sie mich vom Krankenhaus zur Herzklinik fuhren, blickte ich aus dem Krankenwagen auf jedes Haus und jedes Geschäft. Ich nahm die Eindrücke auf wie ein Schwamm. Vieles war mir vertraut und doch fühlte ich mich unendlich weit weg davon. So, als sähe ich alles zum letzten Mal. In mir kamen Erinnerungen hoch, die mit diesen Orten verknüpft waren."

Er schaute hinüber zu dem in der Dämmerung nur schemenhaft sichtbaren Ufer auf der anderen Seite des Sees. Auf einem ins Wasser gestürzten Baum saßen ein paar Kormorane, deren schwarze Schatten sich scharf gegen den grauen Himmel abhoben.

„Was hast du dabei empfunden?", fragte er.

„Es war eine seltsame Mischung aus Trauer, Freude und Wehmut. Ich zog Bilanz zu allem, was ich mit diesen Orten, die der Krankenwagen durchfuhr, verband."

„Und dann?"

„In der Herzchirurgie blieben mir noch ein paar Tage Zeit vor der Operation. Ich nahm die Menschen auf der Station bewusster wahr als sonst und fühlte mehr mit ihnen verbunden."

Philomena hing ihren Gedanken nach, während sie ihren Weg fortsetzten.

„In meinem Stationszimmer lag ein Diabetiker. Er war bereits vor ein paar Wochen operiert worden, doch seine Wunde blieb offen und heilte nicht. Er tat mir so leid."

„Es ist bedrückend, wenn man jemanden leiden sieht und nicht helfen kann", sagte Jakob.

Sie berührte seine Schulter. „Dabei wurde mir bewusst, wie nah der Tod uns in jedem Augenblick des Lebens ist. Da kam auf die Station, der eine Jacke aus einer Karateschule trug. Als wäre er während seines Trainings plötzlich von seinem Herzproblem überrascht worden."

„So wie bei einem Unfall. In drei Sekunden ist das Leben auf den Kopf gestellt! Wie bist du mit alledem zurechtgekommen?"

Philomena zuckte mit den Achseln.

„Das ergab sich. Ich störte mich nicht mehr an Kleinigkeiten. Es war mir egal, ob unser Zimmer mit mehr Patienten belegt war, als es mir normalerweise lieb ist. Die Nacht vor der Operation verbrachten wir mit einem lauten Schnarcher. Das war unangenehm, aber nichts gegen das, was uns alle erwartete."

„Du meinst die Operation?"

„Ja. Am Morgen davor durfte ich noch duschen."

Sie lachte und schüttelte den Kopf. „Du, ich habe nie ein Duschbad so genossen wie dieses. Das Wasser, das an meinem Körper herabfloss, das Duschgel, der Geruch, die Wärme, alles war dermaßen intensiv."

Ihr Blick verlor sich in der Ferne.

„Da war die Krankenschwester, die sich kurz vor der Operation um mich kümmerte. Sie war jung und bildhübsch. Mir ging durch den Kopf, wie ich in ihrem Alter gewesen war, und bereute, nicht intensiver gelebt zu haben."

„Hast du das nicht?", fragte Jakob leise.

„Davor hätte ich geglaubt, mir kämen an einem Tag, von dem ich nicht wusste, ob es mein Letzter sein würde, tiefsinnige Eingebungen. Ich bemühte mich zwar darum, aber da kam nichts. Ich trug ein kleines Kreuz um den Hals, das gab mir Halt und Zuversicht. Doch ich war außerstande, ausführlich über mein bisheriges Leben nachzudenken. Der Gedankenfluss riss immer wieder ab. Stattdessen huschten mir banale Einfälle durch den Kopf. Ich erinnerte mich an jedes meiner Kinder und mir fielen Passagen aus unserem gemeinsamen Leben ein. Erinnerungen über die Jahre, wie sie größer wurden und wie verschieden sie sich entwickelten."

„Also hat man im Angesicht eines möglichen Todes nicht unbedingt tiefsinnige Gedanken?"

„Ich jedenfalls nicht. Es war mehr, als zog mein bisheriges Leben an mir vorbei. Wie hier am See die Nebelfetzen, welche die Sicht auf eine Landschaft freigeben, um sie bald wieder zu verdecken."

„Und dann?"

„Am Vormittag holte mich ein Pfleger ab. Ich lag im Bett und er schob es für eine schier endlose Zeit über die Gänge. Schließlich blieben wir vor einer großen Tür stehen."

Jakob bemerkte, wie sich Philomenas Atem heftiger wurde. Er nahm ihre Hand.

„Das muss der Operationssaal sein, dachte ich. Auf einmal überfiel mich die Angst wie ein Raubtier und ich konzentrierte meine Gedanken auf die Diagnose. Fünfzig Prozent Chance, dass ich im nächsten Jahr noch lebe, wenn die Operation nicht durchgeführt wird hatte der Arzt gesagt."

Philomena blieb stehen. Sie waren am oberen Ende des Sees angekommen und sie blickte über das Wasser.

„Dieser Gedanke war es, an den ich mich klammerte, mich festhielt. Es war die einzige Vorstellung, die ich meiner Panik entgegensetzen konnte. Das Bild im Kopf, in den Saal gerollt, in den Leib gestochen, mit Schläuchen verbunden und nicht mehr zu wissen, wie es ausgehen wird."

Jakob unterbrach sie nicht. Er hing an ihrer Stimme wie gefesselt.

„Ich hörte, wie sich die Tür öffnete, und man schob mich mit dem Bett hinein. Jemand beugte sich mit seinem Gesicht über mich und sagte, er wäre mein Anästhesist. Ich erinnere mich noch gut an ihn, obwohl er meinte, ich würde nichts von dem behalten, worüber wir sprächen. Doch ich dachte nur, er ist vielleicht der letzte Mensch, den du mit deinen Augen siehst, mit dem du sprichst."

Sie liefen weiter und Philomena seufzte tief.

„Es ist verrückt, denn ich kann mich bis heute genau daran erinnern, worüber wir geredet haben. Wo wir wohnten und andere alltägliche Dinge. Nachdem er mir eine Spritze gegeben hatte, flackerte die Deckenbeleuchtung. Ausgerechnet jetzt ein Stromausfall, dachte ich. Dann war ich weg."

„Das war der Beginn der Narkose?"

Philomena nickte.

„Als ich wieder aufwachte, kam es mir so vor, als wäre nur eine Minute vergangen. Dabei fehlte mir in der Erinnerung fast ein ganzer Tag. Mir wurde bewusst, dass mir das Leben zum zweiten Mal geschenkt worden war. Dafür bin ich unendlich dankbar."

„Und hat sich dein Leben seitdem dauerhaft verändert?"

„Ja. Ich bin gelassener geworden und denke öfter daran, dass mir eine große Gnade widerfuhr. Die Endlichkeit unseres Daseins ist mir stärker im Bewusstsein als vor der Operation. Ich bemühe mich, Vertrauen in die Mächte zu haben, die meinen Lebensweg begleiten."

„Du meinst Glauben an Gott?"

„Ich sage lieber Vertrauen, denn glauben kann man vieles. Vor allem, wenn es einem von Leuten gesagt wird, die man respektiert. Ein Vertrauen kannst du aber nur selbst entwickeln. Das ist eine Herzensangelegenheit und tiefergehender, als die vom Verstand gelenkte Glaubensüberzeugung."

„Du meinst, Gläubigkeit ist ein Gedankenkonstrukt, wohingegen das Vertrauen auf höhere Mächte ein Gefühl ist?"

„Natürlich können seelische Erfahrungen einen Menschen zum Glauben führen. Aber für mich geht das mehr hin zum Vertrauen. Und das kannst du nicht erzwingen. Entweder du hast es oder nicht."

Jakob nickte. „Das stimmt allerdings. Mir ist zum Glück noch nie so ein einschneidendes Erlebnis passiert. Daher steht mir der Gedanke an den Tod nicht so nahe."

„Das muss auch nicht sein. Es genügt, manchmal darüber nachzudenken, dass unser Leben endlich ist und was wir täten, wenn wir die Zeit und Stunde wüssten. Damit werden unsere Handlungen weniger impulsbehaftet und dafür tiefgründiger sein."

„Ich hoffe, mich öfter daran zu erinnern, Philomena."

„Lass dir trotzdem nicht die Leichtigkeit deiner Jugend nehmen. Es ist großes Geschenk, eine unvergleichliche Freude, die man schätzen soll, solange man sie im Leben hat! Denn mit den Jahren wird es uns stückweise genommen."

Jakob umarmte sie.

„Es ist spät geworden, Philomena. Ich muss jetzt gehen."

Nachdem er ein paar Meter gelaufen war, drehte Jakob sich um, doch sah er Philomena nicht mehr, die bereits in der Dunkelheit verschwunden war.

Bisher erschienene Bücher des Autors:

RIZIN (2011). Eine Geschichte um Biowaffenforschung, wobei auch „die Guten" zwangsläufig zu Tätern werden.

EHEC-ALARM (2013). Wie man einer Epidemie manchmal nachhelfen muss, um endlich berühmt zu werden.

FALLOBST (2015). Edler Tropfen oder Fusel? Alkoholpanscher haben keine Skrupel, aber Beziehungen zur Politik.

MUTTIS ERBEN (2017). Chemiewaffenexporte im Baukastensystem, Terrorismus und die Spaltung der Gesellschaft.

SIE SIND UNS NÄHER, ALS WIR DENKEN (2020, 2021). Ein Sachbuch über die geheimnisvollen Beziehungen zwischen Mikroben und Menschen und deren Folgen.

Autorenhomepage: https://www.lothar-beutin.de/

Allen Menschen, die mir bei diesem Buch geholfen haben, möchte ich an dieser Stelle herzlich danken.